書下ろし

長編時代官能小説

おんな秘帖

睦月影郎

祥伝社文庫

目次

第一章　艶学事始

一

（うわ、なんて色っぽい……）

栄之助《えいのすけ》は目を凝《こ》らし、草むらの中に身を潜《ひそ》めながら手早く絵筆を懐から取り出した。

手習いの帰り道だろうか、向こうは河原で、多くの少女たちが着物を脱いで水遊びをしている。

毛も生えず胸も膨《ふく》らんでいない子供になど興味はないが、今日は猛暑のため、さすがに年長の娘も周囲に人がいないのを良いことに全裸になり、水に入っていく。

年の頃なら十五、六。胸も膨らみかけ、股間にはモヤモヤと若草も生えはじめているではないか。

栄之助は思わずゴクリと生唾《なまつば》を飲み込み、股間を突っ張らせながらも絵筆を走らせた。

これは彼の癖《くせ》だった。今この場で一物をしごいて精を放つよりも、より正確に絵に写し取り、帰宅してから部屋で絵を見ながらゆっくりと手すさびをするのである。

まあ、今で言えば盗撮マニアというところだろう。

幼い頃から絵が好きだったし、今も日に何枚もの写生をしているので、より早く、より正確に描けるようになっていた。

もちろん栄之助が描いているのは、年長の娘一人だけだ。

日を浴びた色白の肌、胸や尻の丸み、腰のくびれ、愛らしい笑窪《えくぼ》から形良い唇まで、娘までの距離はあるが、まるで遠眼鏡でも使っているかのように、視力の良い彼は娘の姿を克明に写し取っていった。

絵具は高くて買えないので墨一色だが、水で薄めて濃淡をつけ陰影まで細かく描いた。

(しかし、真下の部分が良く見えない……)

栄之助が最も見たいのは、女の股間の神秘の部分なのだ。

(そこは、一体どうなっているのだろう……)

まだ十八になったばかりの栄之助は、女を知らなかった。いや、同僚にも童貞は何人もいたが、栄之助は、その事ばかり朝から晩まで考えてしまうのである。自分は色狂いなのではないかと悩んだこともあったが、手すさびによる射精の快感は病《や》みつきとなり、それでも日々悶々《もんもん》として、こうして城勤めの帰りに女の姿を見かけては、素早く描き取っていたのである。

その時である。

「ほう、なかなか上手《うま》いな」

いきなり背後から声をかけられ、栄之助はビクリと全身を硬直させた。恐る恐る振り返ると、見たことのある初老の男と、荷を持った供《とも》のものがいた。二人とも笠《かさ》をかぶっているが、初老の男の目は柔和だ。

「よく、見せてくれぬか」

男が一歩近づいたので、栄之助は絵筆も矢立ても放り出し、画帖のみ抱えて一目散に逃げ出した。

「楓《かえで》」

男が言うと、供のものは荷を下ろし、逃げていく栄之助を追った。小柄だが、その速いこと。たちまち栄之助は追いつかれた。

「お、女……？」

前へ回って通せんぼした相手を見て、立ち止まった栄之助は息を切らしながら思わず言った。太腿《ふともも》も露わに裾《すそ》を端折《はしょ》り、笠で分からなかったが、確かに胸の膨らみ具合や、毛もなく脂《あぶら》がのってムッチリした太腿の滑《なめ》らかさは若い女のものだった。

「どけ！　斬るぞ」

栄之助は言い、もちろん人を斬る度胸などないが刀の柄に形だけ手をかけて、相手を突き飛ばそうと一歩踏み込んだ。

しかし彼女は怯《ひる》まず、

「ご無礼」

短く言うや否《いな》、すいと身を沈めながら栄之助の手首を握った。

「うわ……！」

栄之助は、いきなり天と地がひっくり返ったような目眩《めまい》に襲われて声を洩らした。

気づくと、草の上に投げつけられ、さらに俯《うつぶ》せに押さえつけられていた。背に回された利《き》き腕を決められ、身動き一つできない。

（も、もう駄目だあ……）

栄之助は絶望に目の前が真っ暗になった。婦女子の裸を覗《のぞ》いて絵を描いていたなど、人に知れたら家名の恥どころか切腹ものだろう。まして三男坊の部屋住み、まだ何ら家のために働いていないのだから、親や長兄に合わせる顔がない。

しかも見覚えのある男は、城内でも有名な人ではないか。

それなのに栄之助は、生まれて初めて女性に押さえつけられ、彼女の吐き出す甘酸《あまず》っぱい息の匂いや杏《あんず》にも似た体臭にムクムクと股間が突っ張ってきてしまった。

ようやく初老の男が追いついてきた。彼は、供が置いていった荷や栄之助が落とした筆や矢立てを拾って持ってきてくれていた。

「先生、これを」

女が、栄之助を押さえつけながら、彼の懐から抜き取った画帖を男に差し出した。障子紙を裁断して綴《と》じた栄之助手製の画帖である。

「楓、乱暴にせんで良い。わしは絵が見たかっただけなのだ」

男は、女体ばかりが描かれている画帖を手に取り、一枚ずつ丹念に見ていった。

ようやく、楓と呼ばれた娘が栄之助から離れ、彼もノロノロと半身を起こして草の上に座った。もちろん観念して逃げだす気力もなく、また少し走っただけで激しく息が切れていた。

「ああ、先に帰ってよいぞ。わしはこの男と話がある」

男が言うと、楓は荷を背負い、早足に歩き去っていった。後には、ふんわりとした甘い香りが残った。

(女の汗は、男のものと根本から成分が違って、とても良い匂いがするのだなあ……)

栄之助は、こんな最中なのに、女体のことが頭から離れなかった。

まあ男の表情が柔和で、しかも熱心に絵を見てくれているので栄之助の警戒心もだいぶ和《やわ》らいでいたのだ。

「ふむ、実に上手《うま》い。写生は好きか」

「はい、両方」

「なんだ、両方とは」

男は、苦笑しながら画帖を返してくれた。栄之助も立ち上がり、筆を矢立てに入れ画帖と一緒に懐へしまった。

「わしを知っておるか」

男が、かぶっていた笠を外して、見事に剃《そ》り上げた坊主頭を見せた。

「はい。御典医の玄庵《げんあん》先生ですね」

栄之助は、信望の厚い、この六十年配の医師を知っていた。腕が良いばかりでなく城内では若侍たちと洒脱《しゃだつ》に語らい、話の分かる先生だと人気があったのだ。今は供を連れて、薬問屋にでも行ってきた帰りなのだろう。

「そなたは」

「榊《さかき》栄之助と申します」

「うん？　書院番《しょいんばん》の榊大学《だいがく》は」

「兄です。先生、どうかこのことは兄にはご内密に……」

栄之助は深々と頭を下げた。

書院番とは城内の護衛に当たる重職で、家来衆の中でも中の上。優秀な長兄は榊家の誇りであった。

「ああ、もちろん言わん。が、どうだ。わしを手伝ってくれぬか」

玄庵は歩きながら話した。

栄之助にしてみれば、どんな仕事だろうと願ってもないことである。いつまでも家の厄《やっ》介《かい》になっているわけにもいかなかった。真ん中の兄は寄合《よりあい》で、栄之助もその手伝いをさせられているが、収入がなく居候《いそうろう》同然だった。寄合は無役の者の集団で、言わば城内の何でも屋であり、その手伝いとなると、何の仕事もないのが常である。養子の話もないし、昼過ぎまで城に詰めているだけで、他に何もすることがない。

学問は嫌いではないが、今は女体への渇望と好奇心で頭がいっぱいだった。本当なら武士などやめて江戸へ出て、春画でも描いて暮らせたらどんなに良いだろうかと思うのだが勿論そんなことは許されない。

それでも、この小藩は江戸に近いこともあり、物資の行き来が活発で、海や山の幸に恵まれ、土が肥《こ》えているので農作物も豊富な領地だった。

「はい。私にできることでしたら喜んで。しかし私は何もできません。武芸はからきし駄目だし」

「それは、いま見ていて分かった。もっとも楓は素破《すっぱ》の里から奉公に来ているからな、道場の竹刀《しない》剣術では師範級のものでも敵《かな》わんかもしれん」

「す、素破……？　くノ一ですか……」

栄之助は目を丸くした。実際、戦《いくさ》に備えて鍛練を積んでいる一族がいるというのを話には聞いたことはあるが、この泰平の世にまで受け継がれているとは思わなかった。

しかし玄庵の話では、確かに楓は体術の訓練は受けているが、むしろ山に自生する薬草や、怪我《けが》を治療する知識に優れているから手許に置いているようだった。楓は、栄之助より一つ下の十七ということだ。

「とにかく、絵を描いてもらいたいのだ」

玄庵は言った。

「間もなく、江戸の小石川《こいしかわ》にある養生所から、息子の新三郎《しんざぶろう》が勉強を終えて帰ってくる。わしは引退してから医学書をまとめたい。特に婦人に関する記録を、細かな絵とともに残したいのだ」

城のお子は、姫君一人きりなので、それで玄庵も女性を多く診る機会に恵まれ、その知識を集大成しておきたいのだろう。

「わかりました。命懸けでやらせて頂きます！」

栄之助は、突然舞い込んできた幸運に顔を輝かせ、勢い込んで言った。

二

「ああ。これから、そなたの身の回りを任せることにした楓だ。可愛がってやれ」

玄庵が栄之助に言い、すっかり女らしい衣装と化粧をした楓が深々と頭を下げた。

翌々日、栄之助は玄庵の屋敷に呼ばれていた。

昨日のうちに主君から命が下り、榊家では大変な騒ぎだった。役立たずの三男坊が、御典医の助手として抜擢されたというのは、実に異例のことである。

そして今日、栄之助は僅《わず》かな荷物を持って、玄庵の屋敷に来ていたのだ。

屋敷は大きく、玄庵の妻や多くの使用人がいた。だから楓の一人ぐらい、栄之助の世話に回しても支障ないようだった。

「あらかたの指示は楓に伝えてあるので、まずは部屋に行って荷を解くがよい」

言われて栄之助は玄庵の母屋を辞し、楓に案内されて離れへと向かった。

広い邸内には、池や築山、薬草の栽培所などもあり、多くの貸し家もあって使用人たちが住んでいた。

栄之助があてがわれたのは、母屋の西北の外れにある離れ。井戸端や湯殿にも近い八畳間で、物置までついていた。今までの実家での、納戸《なんど》暮らしとは雲泥の差で、しかも中庭は樹木で遮《さえぎ》られているので、邸内の使用人たちとも顔を合わせることのない、隔絶された一角であった。

荷といっても、僅かな着替えと大切な画帖だけで、寝具などは揃《そろ》えてくれていた。

「うわ、絵の具だ……」

栄之助は、文机《ふづくえ》に置かれている顔料の数々を見て目を輝かせた。いままで、どれほど自分の絵に彩色してみたいと願っていたことだろう。しかも高価な画紙や様々な太さの筆も揃えられていたのだ。

栄之助は刀を置くのも気忙《きぜわ》しげに文机の前に座り、一本一本筆を手に取り、色とりどりの顔料を眺めた。朱、群青《ぐんじよう》、雌黄《しおう》、利休茶、緑青、紫苑、鉛白。どれも美しく、また混合して現われる色を想像するだけでも胸が躍《おど》った。

「あの……」

楓が声をかけてきた。

「あ、失礼。あらためまして、榊栄之助です。過日はお恥ずかしいところを」

栄之助も向き直り、楓に挨拶《あいさつ》した。

「こちらこそ。腕はもう痛みませぬか」

楓も、折り目正しく頭を下げて言った。彼女もまた素破の一人として御典医に抜擢されたことを光栄に思い、懸命に奉公しているようだった。今は地味な小袖姿で、先日露わにしたような太腿は見えないが、清楚な中に野趣が感じられる美女である。

栄之助は、あらためて彼女を見て、その整った顔立ちと、きりりとした眼差しに見惚《ほ》れた。

「それで、私は何をすれば」

「まず、絵を描いて下さい。私を」

楓が言って立ち上がると、くるくると手早く帯を解きはじめた。

はらりと着物が落ち、小麦色の健康的な肌と、充分な膨らみを持った乳房が現われた。

さらに彼女は腰巻を取り去り、一糸まとわぬ全裸となって、脱いで広げた着物の上に仰向けになった。

「あ、あの……」

栄之助は戸惑いに思わず声をかけたが、楓の方は平然と身を投げ出して答えた。

「栄之助さまは、これから先生について、多くの女の身体を描かねばなりません。先生が言うには、盗み見た女を走り書きするばかりで、まだ間近で見たこともなかろうからと」

なるほど、玄庵の意図は分かった。

栄之助にしても、このように目の前で女体が静止してくれていれば、今までとは比べ物にならぬほど正確に女体を描くことができる。

楓も素破として、体術や医術、薬草の知識などの他、やはり女としての武器、肉体の方も熟達しているのかもしれない。だからこうして、平気で全裸体を見せることができるのだろう。

あれほど見たくて堪《たま》らなかった女体の神秘が、目の前にある。

栄之助は逸《はや》る気持ちを抑え、僅かに指を震わせながら画紙と絵筆を取った。

「かたちは、これでよろしいですか？」

楓が言う。

「ええ、そのままで……」

「全体の姿かたちよりも、陰戸《ほと》を克明に描けるようになれとの仰《おお》せでした」

それは、なおさら願ってもないことだった。

しかし、やはり栄之助は楓の顔や全身像も描きとめておきたかった。それは、玄庵の役に立つ絵の修練というよりも、自身の快楽のためであった。

栄之助は細筆を墨に浸《ひた》し、得意の早描きで楓の全身像を描いた。顔は美しく、後から見て充分に手すさびの資料になるように、形良く張りのある乳房から滑らかな内腿、腰や脚の線まで生き生きと写し取った。

やはり草むらに隠れての盗み描きと違い、相手がじっとしてくれているから、その出来は自分でも満足のゆくものだった。

そしていよいよ、次の紙を準備して、栄之助は楓の股間へと身を乗り出した。

彼女も心得、僅かに立てていた両膝を全開にした。

「……！」

栄之助は、思わずゴクリと生唾《なまつば》を飲んだ。

嫁入り前の女性が、男の目の前でこれほどまでに大きく脚を広げられるものなのだろうか。いや、男の前ばかりではない。出産でもなければ、男根を受け入れるときでさえこんなには大きく開かないのではないか。

色事まで含む、様々な訓練を受けてきた素破だから平気なのだろうか。

と思ったが、よく見ると楓の白くムッチリとした内腿が、ヒクヒクと微《かす》かに震えているではないか。

表情も、懸命に平静を装っているが、額にはジットリと脂汗《あぶらあせ》が滲《にじ》み、乱れた前髪が数本貼りついていた。固く唇を引き締めているのも、息が弾《はず》むのを堪《こら》えているからなのかもしれない。

（やはり、平気なわけはないんだ……）

楓の反応を見て、栄之助は安心したと同時に、激しい欲望を覚えた。相手も、自分と同じ人間なのだ。十七歳の娘なのだ、と思うと無性に愛しく感じられてきた。

とにかく、楓の股間を見つめ、震える指を宥《なだ》めながら写し取った。開いた脚を左右対称に描き、その中心部に目を凝らした。

色白の下腹が股間まで続き、そこでぷっくりとした丘になって、柔らかそうな若草が恥ずかしげに煙《けぶ》っていた。

真下には、縦線の割れ目があり、僅かに薄桃色の花びらがはみ出していた。奥までは良く見えないが、さらに潜り込むように観察すると、お尻の谷間の肛門まで確認することができた。

実に、男とは全く違うものだ。

可憐な顔立ちも肌の艶も、乳房の膨らみも股間の形状も違い、しかもふんわりと感じられる甘ったるい体臭。これはやはり根本から男とは異なる芳香だった。

栄之助は楓のワレメを描き、僅かにはみ出した陰唇を桜色に着色した。

彼が筆を置くと、楓が察したように、さらに大胆な行動を取ってきた。

「先生は、中まで描けとの仰せでした」

楓が小さく言い、自ら股間に両手を当て、それぞれの人差し指でグイッと割れ目を左右に開いた。

（うわ！　なんて綺麗な……）

栄之助は目を見張り、何とも悩ましく美しい柔肉を観察した。そして、それ以上に楓の仕草にも驚いていた。

「あ、あの……、初めて見るもので、正確に描こうにも、どこがどのようなものかよく分からないのですが……」

恐る恐る栄之助が言うと、楓も少し唇を湿らせて、静かに説明してくれた。

「これが陰戸の穴で、ここに男性を受け入れ、孕《はら》めば十月十日《とつきとおか》のちに、ここから子を産みます」

楓が指すところに顔を寄せて観察すると、確かに細かな襞《ひだ》に囲まれた穴が悩ましく息づいていた。陰唇の内側全体は、やはり綺麗な薄桃色の肉で、うっすらと湿《しめ》り気を帯び、内腿に挟まれた股間全体に籠もる熱気と湿《しめ》り気が甘ったるく揺らめいていた。栄之助は、その艶《なま》めかしい女の匂いに酔いしれ、頭がクラクラしてきてしまった。

「尿《ゆばり》は、どこから……？」

「その、少し上です。この辺りに小穴が」

楓は、自分では見えないので手探りで指してきた。目を凝《こ》らすと、なるほど、柔肉の中央にポツンとした小さな穴が確認できた。

「これは？」

栄之助は、さらに割れ目の上部にある、光沢のある小さな突起を指した。その時に指先が触れると、

「あん……」

楓が小さく声を洩らし、ビクッと内腿を震わせた。

「そ、それはオサネです……」

「何のためのものです？」

「わかりません……」

楓が答えながら、とうとう堪えきれなくなったように下腹を波打たせ、息を弾ませはじめた。見ると広げられた陰唇がすっかり熱を持ったように濃く充血し、内部の潤《うるお》いがヌラヌラと増しているのが見て分かった。さらに、甘ったるい匂いも濃くなって栄之助の鼻腔

を刺激してきた。

この部分は、女性の興奮により、僅かの間に形状や色合いを変えることが分かった。

三

「すごく、濡れてきましたよ」

「し、失礼いたします……」

楓が、下に敷いた小袖から懐紙を取り出し、そっと股間を拭《ぬぐ》って言った。

「これは、お小水ではありません。男性を受け入れやすくするため自然に出るものですから、どうかお気を悪くなさいませぬように……」

これが淫水というものなのだろう。栄之助も激しく興奮し、股間が突っ張ってどうにも絵どころではなくなってきた。

すると楓が、彼の高まりを見透かしたように言った。

「どうぞ。私をお好きになさってください」

「え……？」

「女を描くには、女を知らねばならないと先生も仰ってました。私は、栄之助さまを主君と思い、貴方さまのために何でもするようにと言いつかっております」

「だって、それは楓さんの意志じゃないでしょう。思わぬ男に抱かれるのは不幸です」

栄之助は、欲望と戦いながら懸命に理性的になろうとした。抱きたい気持ちは激しいのだが、やはり楓の心を無視するわけにいかなかった。

「いいえ。お役に立てることが私の幸せです。それに、私は栄之助さまが好きです」

「そんな、まだ会って間もないのに……」

「本当です。そのように、小者一人にもお気遣いくださる優しさがおありの方ですから。さあ、御存分に。ここへは誰も来ぬよう先生が皆に言い渡しておりますので」

言われて、栄之助もその気になった。

いや、言われなくてもその気なのだ。一応、楓の意志を確かめただけである。

それにしても、彼女の言葉は嬉しく、栄之助は感激した。いきなり、強くて美しく、何でも言うことをきく家来を一人与えられたのだ。

栄之助は身を起こして脇差を抜き取り、急いで袴《はかま》の紐《ひも》を解きはじめた。

そして袴を脱ぎ、下帯を解き放って下半身を露わにして再び楓の股間に屈《かが》み込んでいった。

「あの、お願いがあります……」

「はい。何なりと」

「舐《な》めてもいいですか？」

「え……！」

栄之助の言葉に、楓がピクッと両膝を閉じようとした。

「そ、そのようなところに、殿方が顔を埋《うず》めるものではありません。まして舐めるなど、お武家がしてはいけません。さあ早く、お入れになって……」

「だって舐めたいのです。初めての女性がどのようなものか、味も匂いも隅々まで知りたいのです。何でもすると言ったでしょう」

栄之助は執拗《しつよう》に求め、しきりに閉じようとする楓の両膝の間に強引に顔を割り込ませていった。

ただいきなり挿入して黙々と果てるなど、彼の求めている行為ではなかった。とにかく栄之助の性欲とは、挿入するのが全てではなく、女体のあらゆる部分を賞味し、ためらいや羞恥《しゅうち》を越えて好奇心のかぎりを尽くすことなのだ。

とうとう栄之助は、楓の両腿の中心部にギュッと顔を押し付けてしまった。

楓も、本気で抵抗すれば細腕の栄之助ぐらいわけなく弾き飛ばせただろうが、今は彼が主君なのだ。理由もなく手打ちにされようと従う立場なのだから、自分のために栄之助を突き飛ばすことなど有り得なかった。

「あぁッ……！」

楓は声を洩らし、全身を強ばらせた。

栄之助は、柔らかな恥毛の丘に鼻をこすりつけ、馥郁《ふくいく》と籠《こ》もる女の匂いを胸いっぱいに嗅いだ。

それは甘ったるい汗の匂いと、ほんのりした尿の匂いが微妙に入り混じった、何とも言えない良い匂いだった。

（これが女の匂いなんだ……！）

栄之助は感激と興奮に胸を弾ませ、何度も何度も楓の匂いで深呼吸した。

悩ましい体臭ばかりではない。女の股間に顔を埋めているという状況に限りない充足感を覚えた。あれほど渇望し夢にまで見た部分に、ようやくたどり着いた思いだった。

栄之助は、恥毛の隅々に染み込んだ匂いで胸を満たしながら、そろそろと舌を伸ばしていった。

まずは表面の割れ目を舐め、ヌルッとした陰唇の内側に舌を這《は》わせた。

奥へ行くほど熱く、ヌメリが増していった。味は淡いが、うっすらとした酸味とネットリとした程よい粘り気が舌にまつわりついてきた。

穴の周囲にある細かな襞をクチュクチュと探り、溢《あふ》れてくる淫水をすくい取りながらオサネまで舐め上げていった。

「ウ……！」

楓が息を詰め、全身を硬直させたまま小さく呻《うめ》いた。舐めながら見上げると、楓は小袖を嚙《か》んで必死に声が出るのを堪えていた。

（そうか、これは女をよがらせるためにある突起か……）

栄之助は思った。

さっきも、偶然のように指先が触れたとき楓が激しく反応したが、こんな小豆《あずき》より小さなものが、女の全身をクネらせるほど感じさせてしまうのが不思議だった。

栄之助は舌先をオサネに集中させ、たまに割れ目内部に溜まった大量の淫水をすすりながら濃厚な愛撫を続けた。

「あう……、え、栄之助さま、堪忍《かんにん》……」

楓が、強ばっていた全身を次第に悩ましくクネクネと身悶えさせながら、声を上ずらせて囁《ささや》いた。そして舌先がペロリとオサネを舐め上げるたび、楓の内腿にキュッと力が入って栄之助の両頰をきつく締めつけてきた。

栄之助は執拗にオサネを舐め回し、さらに彼女の両足を抱え上げて、お尻の谷間にも鼻先を潜り込ませていった。

ひっそりと閉じられた肛門も、綺麗な薄桃色をして細かな襞を震わせていた。

鼻を当てると、ほんのりとした秘めやかな匂いが鼻腔を刺激してきた。もちろん美女の生々しい匂いだから不快ではなく、むしろ栄之助は女性のこんな部分まで舐めることのできる幸せを噛み締めながら舌を這わせた。

「あッ！　そこは……！」

楓が驚いたように口走ったが、栄之助はシッカリと押さえつけながら舐め続けた。

くすぐったそうにキュッキュッと収縮する襞の舌触りが可憐で、さらに栄之助は唾液にヌメったツボミに舌を押し込んだ。

「ク……」

楓が息を詰め、浮かせた脚をガクガクと震わせた。

肛門の内部はヌルッとした粘膜の感触で、うっすらと甘苦いような微妙な味わいが感じられた。

栄之助が内壁を舐め回していると、すぐ鼻先にあるワレメからは新たな淫水がトロトロと湧き出してきていた。それは白っぽく濁《にご》り、乳汁のような液体だった。

ようやく肛門を味わい尽くし、栄之助は楓の脚を下ろして舌を移動させながら、溢れる淫水をすすり、再びオサネまで舐め上げていった。

「も、もう……！」

楓が降参するように声を洩らした。ガクガクと全身が痙攣《けいれん》しているので、男の射精のような快感の波が押し寄せているのかもしれない。

栄之助の方も、もう限界だった。

舌が疲れ果てるまで舐めてから身を起こし、暴発寸前の一物を構えて腰を押し進めていった。

先端を割れ目にあてがい、位置を探しながら少し迷った。

「もう少し下……、ここです……」

楓が、ハアハア息を弾ませながら指を添え、入口に誘導してくれた。ようやく挿入の段になり安心したようだ。やはり自分の主人に秘所や肛門まで舐められるのは、楓の常識ではとても理解できなかったのだろう。

栄之助はグイッと股間を前進させた。

すると、張り詰めた亀頭がヌルッと穴を丸く押し広げて潜り込んだ。

「あう……！　そ、そのまま奥まで……」

楓が目を閉じ、囁《ささや》くような早口で言った。

入れるときに、狭くてきつい抵抗があったのは最初だけで、最も太いカリ首までが潜り込んでしまうと、あとはヌルヌルッと滑らかに根元まで吸い込まれていった。

「く……！」

何という快感だろう。栄之助は呻きながら、必死に暴発を堪えて身を重ねた。

挿入時の摩擦だけで、危うく漏らしてしまいそうになるほど、内部は熱く濡れ、キュッと締め付けられて宙に舞うような快感が得られた。

なるほど、これほど気持ち良いなら身を持ち崩したり美女一人のため城が傾くというのも頷《うなず》けるし、古今東西男女の痴情のもつれで生きるの死ぬのと大騒ぎになるのも無理はないと思った。

栄之助はまだ動かず、初めての女体の温もりと感触を心ゆくまで味わった。

股間が密着し、柔らかな恥毛がこすれ合った。強く押し付けると、楓の股間の丘の奥にあるコリコリが感じられた。

挿入したまま屈み込むと、何とか口が楓の乳首に届いた。

乳首は何とも初々しい桜色で、乳輪も微妙な色合いで周囲の肌に溶け込んでいた。

チュッと含んで吸いつくと、

「ああ……」

　楓が小さく声を洩らし、生ぬるく甘ったるい汗の匂いを揺らめかせた。

　舌で転がすうち、乳首は次第にツンと硬く突き立ってきた。栄之助はもう片方も含んで吸い、さらに柔肌を舐め回し、濃厚な汗の匂いの籠もる腋《わき》の下にまで顔を埋め込んでしまった。

「あん！　いけません……」

　楓がクネクネと身悶え、深々と入ったままの一物をきつく締めつけてきた。

　しかし栄之助は夢中で、女の匂いを胸いっぱいに吸い込み、ジットリ汗ばんだ腋の窪みにまで執拗に舌を這わせた。

　そして伸び上がり、楓の美しい顔を近々と見下ろした。

　ほんのりとした脂粉や香油の匂いに混じり、形良い口から洩れる息が湿り気を含み、やはり杏のような甘酸っぱい芳香を漂わせていた。栄之助は唇を重ね、甘く濡れた楓の口の中を隅々まで舐め回しながら、とうとうズンズンと腰を突き上げるように動かしはじめた。

「ク……ンン……」

　楓は、栄之助の舌に吸いつきながら熱く喘《あえ》ぎ、下から股間を突き上げて動きを合わせてきた。

いったん動きはじめたら、もう止めようがなかった。栄之助は美女の甘酸っぱい息と温かな唾液を吸収しながら、次第に勢いをつけて律動した。

突き入れるたび後から後から大量の淫水が湧き出て、ピチャクチャと音をたてて、揺れてぶつかるふぐりまでベットリとヌメらせてきた。

「ああーッ……！」

とうとう口を離し、楓が顔をのけぞらせて喘いだ。さらに身を弓なりにさせてガクンガクンと激しく波打たせてくる。同時に内部も忙しい収縮を開始していた。

もう栄之助も限界だった。

「う……！」

短く呻き、まるで身体ごと楓の柔肉に包まれているような快感の中、栄之助は身を震わせてありったけの精を放った。

これは、一人で行なう手すさびの何十倍の快感であろうか。

栄之助は最後の一滴まで脈打たせ、やがて動きを止めグッタリと力を抜いて楓に体重を預けた。

済んだ後も、一人で体液を拭《ぬぐ》う空しさがない。栄之助は楓の温もりと、甘酸っぱい息を間近に感じながら、うっとりと快感の余韻に浸った……。

四

「なあ、楓。頼みがあるのだが」

栄之助は、僅かの間にすっかり打ち解けた口調になって言った。

初体験を終え、それから栄之助は絵筆を取り、淫水や精汁を丹念に拭った楓の割れ目内部を克明に描いたのだった。

彩色も我ながらうまく出来たし、通常の割れ目と、興奮時に充血した色合いの描き分けも行なった。

そして夕方になり、今は二人で湯殿に入っていたのだ。

楓に、糠袋《ぬかぶくろ》で背中を流してもらうのは何とも極楽気分だったが、もちろん全裸の楓を前にして、若い一物はたちまちムクムクとはちきれそうに屹立してきた。

「何でございましょう。何なりと」

楓も、肌を重ねてからすっかり栄之助に心を許し、玄庵の言いつけというばかりでなく己の意志で彼に従っているようだった。

「女が尿《ゆばり》を放つところが見たいのだ。出る場所は分かっても、どのようにほとばしるものなのか、その様子を見てみたい」

「そ、そのようなこと、いきなり仰られても……」

「出ないか？」

「はい、すぐには……」

「少しでも良いのだ。そのかたちになれば、出す気になるだろう。さあ」

栄之助はいきなり、全裸のまま湯殿のスノコに仰向けになった。

「な、何をなさいます……」

「だって、真下からでないとよく見えないだろう。さあ跨《また》いでくれ」

栄之助は言った。前から、厠《かわや》の下に潜り込んで、女が用を足すところを下から見てみたい願望があったのだ。その願いが、いま叶おうとしている。栄之助は激しく勃起し、息が弾んだ。

「な、なりません。素破ごときが御主人様の顔を跨ぐなど……」

「するのだ。これは学問のためである。玄庵先生は私に、様々な角度から女陰を観察せよと仰せになったのだろう。尿のほとばしるときの形状を研究するのも、これ全て明日の学問に役立つのだ」

「アア、お許し下さい。バチが当たります……」

「駄目だ。さあ早く」

「本当に、お怒りになりませんね……？」

再三の命令に、ようやく楓は腰を上げ、風呂桶に摑《つか》まりながらノロノロと身を起こしていった。体術の手練《てだ》れであっても、その膝《ひざ》は可哀想なほどガクガクと震えていた。

まず、片方の脚を仰向けの栄之助の顔の脇に置いたものの、もう片方を跨いで下ろすことがなかなかできない。それでも、倒れそうになる身体を支えながら、やっとの思いで跨ぎ、ゆっくりとしゃがみ込んできた。

栄之助は、その眺めに激しく興奮していた。

顔の左右から楓の脚がニョッキリと真上に伸び、その中心部が、鼻先にまで近づいてきたのだ。割れ目は僅かに開き、内部のヌメヌメするお肉が覗いていた。

（そうか、厠の真下からの眺めは、こういうものだったのか……）

栄之助は感激と興奮に胸を震わせながら、羞恥と緊張にすっかり血の気《け》を失っている内腿とお尻の中心を見た。

もう洗って湯に浸かったので、楓本来の体臭は消えてしまったが、それでも割れ目内部からは新たな白っぽい淫水が溢れはじめているようだった。

楓は、懸命に腰を浮かせて彼の顔に座り込まぬよう注意していたが、栄之助は伸び上がって淫水の雫《しずく》の滴《したた》るワレメにペロリと舌を這わせた。

「あん……！」

楓が可憐《かれん》な声を上げ、ビクンと下腹を波打たせた。

栄之助は執拗に舐め、オサネを吸っては溢れる淫水をすすった。自分が仰向けだからワレメに唾液が溜まることもなく、純粋に垂れてくる淫水だけを味わうことができた。

さらに移動し、楓のお尻の谷間にも舌を這わせていった。

しゃがみ込んでいるため、蕾《つぼみ》は枇杷《びわ》の実の先っぽのように僅かにお肉を盛り上げ、割れ目とともにさっきとは表情を異にしていた。栄之助は細かな襞を舐め、内部にも舌を差し入れてヌルッとした粘膜の感触を味わった。

「い、いけません、そこは……」

楓にしてみれば、最も不浄な部分を主人に舐められて生きた心地もしなかったろう。

「早く出せば舐めるのを止める。まだか」

「そんな、急には……。それに、このましたらお顔に……」

「構わぬ。さあ早く。私に風邪を引かせる気か」

「ああッ、お許しを……」

楓は必死に息を詰め、尿意を高めていた。ためらいと戸惑《とまど》い、羞恥と抵抗の狭間で身悶える楓の可愛いこと。しかし、うんと苦痛でない証拠に、熱く粘つく淫水は泉のように後から後から湧き出していた。

やがて、割れ目内部の柔肉がヒクヒクと震え、中のお肉が迫り出すように蠢《うごめ》いた。

「あ……、出ます。良いのですね、本当に……」

楓が息も絶えだえになって囁き、栄之助も口を離して割れ目の観察に専念した。

間もなく、僅かに開いた陰唇の奥からチョロッと水流が漏れてきた。

「あう……！」

出してしまってから、楓は大変なことをしでかして後悔したように、慌てて尿道口を引き締めようとした。しかし、いったん放たれた流れは止めようもなく、むしろチョロチョロと次第に勢いを増し、ゆるやかな放物線を描いて栄之助の顔を直撃してきた。

栄之助は、目に入らぬよう避けながら、出るところを確認した。

なるほど、筒のある男と違い、拡散した流れは主流の他いく筋もの支流になり、内腿に伝う分や、肛門の方にまで回ってポタポタ滴る分などに分かれていた。

「も、もういいでしょう。どいてくださいませ……」

楓が、予想より遥かに勢いがよく長い放尿に声を震わせて言った。

しかし栄之助は彼女の腰をシッカリ抱え込み、とうとう流れを口に受けた。

それは生温かく、ほのかな香りが含まれているが、思っていたより味は薄く、何の抵抗もなく喉を通過するのが嬉しかった。

「あッ！　何をなさいます……！」

楓が気づいて声を上げたが、栄之助は直接口をつけて飲み続けた。

ちょうど勢いも弱まってきたところだったから、仰向けでも咳き込むようなこともなく飲み干すことができた。

全て出しきると、楓のお尻がプルンと震えた。

なおも割れ目内部を舐め回していると、たちまち尿の味や匂いが消え去り、ヌルヌルする大量の淫水の感触だけが舌に伝わってきた。やはり、いけないことをしているという感覚に、楓は激しく興奮しているようだった。

栄之助が貪《むさぼ》るように淫水をすすり、オサネを舐め続けると、

「も、もうダメ……」

楓は降参するように言って、そのまま腰を浮かせて栄之助の脇に横たわった。

そんな湯殿での様子を、節穴から覗いている目があった。

（まさに、わしが探していた男だ……）

玄庵はほくそ笑み、満足げに何度も頷いていた。

「婦人に関する医学の集大成の他に、男の側の、色事に関する欲望の分類などもまとめておきたいと思うのだ」

玄庵が、盃《さかずき》に酒を注いでくれながら言った。

五

風呂から上がった栄之助は、母屋の書院に呼ばれ、玄庵と差し向かいで話していた。

夏の長い陽もようやく暮れようとし、涼しい夕風が蚊遣りの煙をなびかせていた。


「と言いますと」

「腰巻泥棒にしても、女湯の覗きにしても、なぜ男はそのような気持ちになるのか。今までは単なる助平、愚《おろ》か者たわけ者と一笑に付されてきたが、全ては男の素直な気持ちから発したことであり、男と女がこの世にいるかぎり、そうした気持ちの種類を綴《つづ》っておくのは無意味なことではないと思う」

「はい。行動を起こす起こさないは別として、男なら誰も同じ気持ちだと思います」

栄之助も、我が意を得たりという気持ちで答えた。

「そうだろう。厠覗きだって、神代の時代から行なわれているし、どんな身分の高い侍でも心の中では美女の尿を浴びたい、糞便の出るところをみたい、嗅ぎたいと思っているに決まっているのだ」

「そうですよね！」

栄之助は力強く頷いた。

助兵衛は自分だけではない。女体を自由にしたいと思う以上に、女体の秘密を一つ一つ見たい。形も味も匂いも感触も、全て知り尽くしたい。女体のみならず、そこから出る排《はい》泄《せつ》物まで愛しくてならない。それは、男なら当たり前の感情なのだ。

栄之助は、今まで自分は色狂いだと思い悶々としたこともあったのだが、玄庵の言葉で多いに勇気づけられた。

「あらためまして、心より師と仰がせて頂きます」

「では、手伝ってくれるな？　身分は医師見習いということになり、わしのように剃髪せねばならぬし、脇差しか差せなくなるぞ」

この文化文政《ぶんかぶんせい》の頃、医師はみな髪を剃るのが通例だった。中には束髪にするものもいたが、それは漢方の一派だけと言われている。とにかく医師は免許制ではないので、典医である玄庵が言えば、すぐにも見習い医師として通用するのだった。

「はい。マゲだの刀など、女体に比べれば何程のことがありましょうや。明朝にでも、すぐ坊主になります」

「おお、よう言った」

「では、私の仕事は、婦人用の医書の絵を描くことと、男の欲の分類とまとめの手伝いの二つですね？」

「いや、もう一つある」

「それは」

「清姫《さやか》の見立てだ」

清姫は、藩主の一人娘。十七になったばかりで、今秋には祝言が決まっている。

「御病気一つせぬよう万全の見立てが必要。それには、日々の糞尿をつぶさに調べ」

「わあ」

栄之助は顔を輝かせた。清姫は、栄之助も一度だけ遠くから見たことがあった。寄合の次兄に従い、三月に催《もよお》された能を観《み》に行った時のことだった。そのとき彼方《かなた》の式台に座した姿が輝くように美しく、栄之助は能よりも、清姫の方ばかり窺《うかが》っていたものだった。

「この仕事も、跡を継ぐものがおらんでな。なあに、間もなく新三郎が帰るから、それまでの間手伝ってほしいだけだ。臭気もするし、指で確かめねばならぬ時もあるぞ」

「やります！　味も見ます！」

「頼もしいのう」

玄庵は笑顔で頷き、酒を一口含んだ。

「それから、わしは近々女の腑分《ふわ》けをする」

「ふ、腑分け、ですか……」

「ああ、ようやく許可が下りたでな。明日にでも、女牢へ行って選んできてくれ。話はつけてあるが、本人の許可が必要だから希望者を募《つの》るのだ」

「はあ……」

「腑分けにも立ち会ってもらい、絵を描いてもらわねばならぬが、できるかな？」

「もちろん、是非にも立ち会いとうございます」

「気持ちが悪くないか？」

「いいえ。むしろ今すぐにでも見たいです」

「なぜか」

「日頃隠れて見えぬものを見たいと思うのは、男の常。腰巻に覆われた秘所が見たいのと同様、皮や肉に覆われたハラワタを見たがるのも男の常」

「なるほどなるほど」

玄庵は、栄之助の言ったことをいちいち書き留めていた。これも、男の心理の集大成の参考にされるのだろう。

「実に面白い男だ。それに引き換え息子の新三郎は堅物《かたぶつ》でいかん。世のため人のために我が身を削って修行しておる。人間なんか死ぬときゃ死ぬ。楽しみを持たずに何の人生か」

「ええ。男なんかどうなったっていいんです。女性のみが神であり、大切に崇《あが》めなきゃいけないものなんです」

むさ苦しい男兄弟ばかりで、女性への憧れが激しい栄之助は言った。多少酔いが回ってきたのかもしれない。

剣術の稽古なども、行くのが嫌で嫌で、道場など火事で焼けてしまえば良いのにと何度も思った。しかし女性の門弟ばかりだったら、毎日熱心に通ったことだろう。全て、栄之助の情熱は女性と関われるかどうか、で決まっていたのだった。

「男の、色事への衝動や、一見常人には理解し難い淫らな行動などを『艶学』と称しようと思う」

「艶学ですか。いいですね。私たちが、その開祖となるのですね」

「そうだ。武士のみならず、今後は市井《しせい》にも足を運び百姓町人からも多くの話を聞かねばならぬ。できるか」

「はい。女がいるところへなら唐天竺《からてんじく》へでも参ります」

「その意気だ。……そうそう、これは江戸から送ってもらったものだが、どう思うか」

玄庵は、書棚から数枚の絵を取り出して見せた。

十二枚綴りの春画だった。どれも生き生きと、表情豊かに男女の様子が描かれている。

「良い絵だし興奮もするけれど、写実よりも誇張と趣向に凝ってますね。実際、こんな大きな一物はないでしょう」

「その通り。男女のものは細かに描かれているが、実際のものとは違う。わしがそなたに望むのは、もっと現実に則した絵だ。枕絵の誇張を取り払い、ありのままを描いてほしいのだ」

「承知しました。私も、そのつもりで描きたいと思います」

栄之助には、願ってもないことだった。

今まで女の姿を走り描きしても、現実に忠実に描くのを目的にしていたのだ。妄想は、写実画を見てから勝手に膨らませれば良く、絵そのものに主観や誇張を入れるべきではないと考えていた。

「しばらくは、楓の身体を描いて修練を積んでもらいたい。足りぬものがあったら、何でも遠慮のう言ってくれ」

「有難うございます」

「あ……！」

　急に、玄庵が栄之助の手から春画をひったくり、また書棚の奥へと戻した。そしてエヘンと咳払《せきばら》いして座り直すと同時に、彼の妻せんが酒の代わりを持って入ってきた。

「さよう、学問の道とは、それは険しいものであるからな」

　玄庵が、今までとは打って変わった厳しい表情で重々しく言った。

　せんは無言で酒器を置き、空の分を下げて戻っていった。初老の物静かな婦人で、玄庵より少し年上らしい。しかし物静かなのは人がいるときだけで、実際は玄庵が何より恐れている嫉妬《しっと》深い御新造《ごしんぞう》のようだった。

　せんの足音が遠ざかると、玄庵はほっと肩の力を抜いて足を崩《くず》した。

「まったく、幽霊のように足音を消しおる。いやあな女だ……」

　玄庵が、新たな酒を注ぎながら言った。

「仲がお悪いのですか？」

「大奥女中上がりで気位が高いのだ。新三郎が生まれてから、何もさせせん。もっとも、今となっては頼まれてもする気はないがな」

　玄庵は盃を干し、栄之助の目を覗き込むように身を乗り出して言った。

「夫婦の意義は、なんだと思う」

「は、はあ……、子を成して家系を絶やさぬことではありませんか……」

「そんなものは、養子をもらえば済むこった」

酔いが回ったらしく、姿勢とともに言葉遣いも砕《くだ》けてきた。

「いいか、夫婦の意義とは、裏切る悦びを得ることだ」

「はあ……」

「夫や妻がいるからこそ、裏切ることができるのだ。他人のものは、盗むためにある」

とても藩の御典医とも思えない言葉だったが、栄之助は理解した。この玄庵が、立て前ではなく本音で生きているということを。

「なるほど。それもまた艶学ですね」

「そうだ。自分に合った悦びを求めて何が悪い。今後とも、わしとおぬしで、様々な色事への偏見を消し去ってゆこうではないか」

玄庵は言い、栄之助も深く頷いて盃を干した。

第二章　解体淫書

一

「どうぞ。こちらでございます」

牢番役の下男が女牢の中に案内してくれ、栄之助はかぶっていた笠を脱いだ。

今朝、栄之助はマゲを切り、楓に綺麗に頭を剃ってもらったばかりだった。そして動きやすいカルサン袴に脇差だけ帯び、見かけだけはいっぱしの医師の助手といったいでたちである。

奥へ行くにつれ、むせ返るような臭気が鼻をついてきた。甘ったるい濃厚な女の匂いに糞尿の匂いが入り交じり、悪臭には違いないのに、どこか栄之助の官能を揺さぶってくるような匂いだった。

やがて太い木の梁《はり》の組まれた牢が見えてきた。

「お、男……、何て可愛い……！」

近づいてくる栄之助を見るやいなや、多くの女囚たちが一斉に声を上げ、格子の間から顔を覗《のぞ》かせてきた。

（うわ……！）

多くの白い手が、格子の隙間からこちらに伸びてくる。栄之助は妙な興奮を覚え、この中に放り込まれたらどうなるだろう、などと考えて股間が疼《うず》いてきた。

中には十人ほどの女囚がひしめいている。大年増《どしま》が多いが、中には老女の姿もあった。みな髪を振り乱し、黄色い歯をむき出して栄之助に触れようと手を伸ばしてきた。奥に見える桶《おけ》が便所らしく、それ以外は数枚の畳が敷かれているだけだった。その畳さえ、年長の実力者しか使えないのだろう。

懲役刑はないから、みな吟味の途中に勾留《こうりゅう》されているだけだ。順次、刑が言い渡されて死罪、追放、遠島、叩きなどの処分を受ける。

この女牢にいるのは盗みなどではなく、人を殺《あや》めて投獄されているものばかりだから、みな死罪を覚悟して破れかぶれになっているのだろう。

「ねえ、しゃぶらせておくれよ。うんと気持ち良くしてあげるからさあ。間からヘノコを突っ込んでおくれ。男の精を飲みたいのサ」

一人の、やけに艶っぽい女囚が跪《ひざまず》いて言い、格子の間から口を差し出してきた。

栄之助は、とうとうムクムクと勃起してきてしまった。何しろ女の匂いがすごく、しかも、これほど多く集まった女を見るのもはじめてだ。女囚たちも、若い栄之助をからかうように胸元をくつろげて乳房を見せ、中には裾をまくって割れ目まで露わにするものまでいた。

「あ、嚙《か》まれますよ。お気をつけなすって」

牢番が、股間を押さえながら栄之助に注意した。どうやら彼は嚙まれたようだ。

栄之助は咳払いして、玄庵からの言いつけを告げた。

「ああ、私は御典医玄庵先生の弟子である。今日は藩命により、そなたたちの中から一人牢から出すことになった」

「本当かい！　それならあたしを！」

女たちが騒ぎはじめた。今にも格子が破られそうな勢いである。

「静かにせんか！」

牢番が隙間から棒を突っ込んで、女囚たちをたしなめた。

「いいか、聞け。ここを出たからといって死罪を免《まぬが》れるものではない。だが、その後の協力により、手厚く懇《ねんご》ろに葬ることが約束される」

死罪のものは、斬首のあと胴体は試し斬りにされる場合もある。まあ女囚の場合は試し斬りが行なわれることは少なかったが、どちらにしろ弔《とむら》うことはできなかった。

「それで、協力って何をするのさ」

「斬首の後に腑分けを行なう。死んだ後だから痛くはないぞ。しかも死罪までの数日間、ここよりはましなものが食える」

「ふ、腑分けって……」

一番前にいた女が、目を丸くして言った。

「そう、腹を裂いて、中味を取り出しつぶさに観察して絵に書き留めておくのだ。医学への重要な貢献である」

「ごめんだね！」

女たちが、格子の前からサーッと引いて奥の方へ行ってしまった。

「死んでからまで、そんな辱《はずかし》めを受ける覚えはないんだ！」

「ああ、無縁仏で構わないから、首をスッパリ切ったらすぐに埋めてもらいたいね」

口々に言う中に、一人だけ格子の前を離れず、ひっそりと端座している女がいた。

栄之助は、彼女に目をやった。

年の頃なら三十前後。他の女囚と同じく浅黄木綿《あさぎもめん》の粗末な着物を着せられているが、垢《あか》じみた様子もなく、そこはかとない気品が感じられる。

彼女は目を上げ、栄之助を見て言った。

「私でよろしければ……」

「おお、承知してくれるか」

栄之助は、彼女の美しさに目を見張りながら答えた。どうせ腑分けするなら脂《あぶら》の乗った美女が望ましいと思っていたので、これほどの器量ならば申し分なかった。

本人の許可がなければ腑分けしないというのは、化けて出られては困るという思いが、玄庵の心のどこかにあるからかもしれない。

「この者は？」

栄之助は牢番に訊ねた。

「へえ、きのう入牢《じゅろう》したばかりの新入りで、芸者の胡蝶《こちょう》ことおみね。馴染みの客を取られたのを恨《うら》み、仲間の芸者ともども刺し殺したという毒婦で、死罪は確定しておりやす」

「そうか。では出してくれ」

栄之助は言い、牢番に鍵を開けさせた。

「ふん、物好きな……」

「本当に変わり者だよ」

女たちが、出てゆくおみねを見ながら言った。

牢の外へ出ると、おみねは悠々と伸びをした。

「ああ、せいせいした。臭くて堪《たま》りゃしない。ゴミ溜《だ》めの方がましだね」

出たとなると、おみねの態度は一変して、憎まれ口を叩きながら牢内を見返した。頬にもうっすらと痣《あざ》があるので、おそらく新入りとしての私刑を受けたのを恨んでいるのだろう。

「なんだって！」

中の女たちが摑《つか》みかかろうとしたが、もう届かない。

「ねえ先生。お願いがあるのですけれど」

おみねが、栄之助にしなだれかかるように言った。

「なんだ。何なりと申してみよ」

「あの、いちばん奥にいる牢名主。首切りじゃ手ぬるすぎるから、鋸《のこぎり》挽きにしてやってくださいな」

鋸挽きは最も重い死罪で、引き回しのうえ二日間晒《さら》し、通行人の希望者に竹製の鋸で生きたまま少しずつ首を挽くという刑罰だ。

「わかった。上に言っておこう」

栄之助も、そんな権限はないのだが、今はおみねの心の安定が第一と思って答えた。

「キーッ！　くやしい。ちくしょーッ……！」

牢内に響く女の牢名主の金切り声を後に、栄之助はおみねを連れて女牢の建物を出た。

もちろん縄を打たなくても、おみねは逃げだそうとはしなかった。言いたいことを言ってすっきりしたのかもしれない。まあ抵抗したとしても、外には楓が待機しているから簡単に取り押さえてくれるだろう。

栄之助は牢屋敷の片隅にある井戸端へ行き、女囚専門の世話係である老女に心付けをやって、おみねの身体と髪を洗わせた。

白く滑らかな、磨き抜かれた肌だ。胸と尻の肉は豊かで、多少打ち身や擦《す》り傷もあるが目立つほどではなく、すぐ治るだろう。

さらにおみねは房楊枝で歯を磨いて口をすすぎ、楓が持ってきた着物に着替えた。

しかし、いかに典医の貴重な協力者とはいえ、まさか囚人を牢屋敷から出すわけにもいかないので、話をつけてある同心長屋の一部屋を借りて住まわせることにした。

中は六畳一間で、おみねのための布団や湯飲み、手拭いなどが用意されていた。

まず栄之助は、楓の持ってきた絵の道具を出し、おみねの肖像を描かせてもらった。

「何か欲しいものはあるか？　店屋物で良ければ何でも言え」

栄之助が、絵筆を走らせながら言った。見れば見るほど美形だ。

「何もいりません。私はいつ腑分けされるのでしょう」

おみねが姿勢を崩さぬまま、平然として訊いてきた。

「仕置きの日取りにもよるが、これから役人と相談せねば」

「明日あたり、してもらえませんでしょうかねェ」

「なに」

「早く生まれ変わって、あの人とやり直したいんです」

よほど、殺《あや》めた男に惚れていたようだ。もちろん事件の晩も、すぐにおみねも後を追うつもりだったようだが、その前に人々が駆けつけて押さえつけられてしまったらしい。

「なるほど。では、なるべく早くするように言っておこう」

「お願い致します」

頭を下げられ、やがて絵を描き終えた栄之助は楓と一緒に同心長屋を出た。

本当は、魅惑的なおみねを抱きたいし、生きている間に肉体の隅々まで知っておきたい気持ちもあるのだが、あまり情が移ると腑分けに支障が出てきそうなので、栄之助もあえて冷淡に接し長居しなかったのだ。

あとは仕置きの日まで、同心と世話係の老女がおみねの面倒を見るだろう。

やがて栄之助は屋敷に戻り、ちょうど下城してきたばかりの玄庵に報告した。

二

「ほう、美形だな。おみね、二十九歳か」

玄庵が、栄之助の描いた肖像を見ながら言った。

「実に、良い女が見つかったものだ」

「はい。しかも入牢が一晩だけだったので肌は美しく、何ら病に感染している兆《きざ》しも見受けられませんでした」

「して、本人は腑分けを拒《こば》んではおらぬのだな？」

「むしろ、仕置きと腑分けを待ち望んでいるふうでした。おそらく、殺めた男への済まぬ気持ちから、より過酷な仕打ちを求めているものかと」

「そうか。ならば急ぎたい。準備もあるので明日と言うわけにもいかぬが、二、三日のうちには何とかしよう。そなたも心してかかれよ」

「承知しております。今まで、腑分けを記録した画帖というのはあるのでしょうか」

栄之助は、今ではすっかり女体の神秘への探求が人生の全てになり、絵への関心事もそれに繋《つな》がることばかりとなっていた。

「ある。宝暦《ほうれき》年間（一七五一～一七六四）というから、今からおよそ五十年ほど前、山脇《やまわき》東洋《とうよう》なる医師が解剖を行ない、その絵が残されている。『蔵志』という画帖で、数年前に江戸へ行ったとき見る機会に恵まれた。さらに安永《あんえい》年間（一七七二～一七八一）に杉田玄《すぎたげん》白《ぱく》の出した『解体新書』もあるが、これは外国の図版を引き写したものだった」

「で、いかがでした」

「確かに、克明に描かれ、今までの漢方医が信じていた臓腑の形状とは悉《ことごと》く異なるものであった。だが、腑分けされたのは男の囚人ばかり」

「なるほど、汚く醜《みにく》いですね」

「その通り。陰戸も子袋もない男の身体の中なんかドーデモよいのだ。美しい女の体内が見たいではないか。われらは女だけを見る。これは全婦人のための偉業なのだ」

「師！」

「ゴチャゴチャしたハラワタなどドーデモよい。そんなものは『蔵志』に載っておる。われらは陰戸から全てが始まり、その奥へとドンドン入ってゆくのだ」

「やりましょう！」

栄之助は力強く頷き、やがて離れの自分の部屋に戻った。

寝巻に着替えて蚊帳《かや》の中に入り、布団に仰向《あおむ》けになった。楓は次の間、と言っても納戸《なんど》で寝ることになっている。栄之助は一緒でも構わないのだが、やはり夫婦ではなく主人と家来なのだからと楓自身がけじめをつけているのだろう。

「楓」

行灯《あんどん》の火を消し、納戸に戻ろうとした楓を、栄之助は呼びとめた。

「何でございましょう」

「入ってくれ」

言うと、楓は蚊帳の中に入ってきた。その彼女を、栄之助は抱き寄せる。

「今日はお疲れでございましょう」

「ああ。身体も心も疲れきっている。だが肌が火照《ほて》って仕方がないのだ」

栄之助は、添い寝してくれた楓の胸に顔をうずめ、甘ったるい体臭と甘酸っぱい吐息を感じながら激しく勃起した。

楓も優しく抱いていてくれたが、やがて彼の高まりを知り、そろそろと股間に手を這わせてきた。そして身を起こし、仰向けで身を投げ出している栄之助の寝巻の裾を開き、下帯を解いて一物を露出させた。

「どうか、私に身をまかせて、じっとなさっていてくださいね」

楓が言い、柔らかく温かな手のひらで包みこむようにして、やわやわと一物をしごきはじめた。

栄之助は、うっとりと力を抜き、快感の中心を楓に委《ゆだ》ねた。

楓は屈み込み、栄之助の股間に熱い息を吐きかけてきた。そして先端にそっと口づけしてから、丸く開いた口でスッポリと呑み込みはじめた。

「ああ……」

栄之助は、妖しい快感に思わず声を洩らした。

怒張が、温かく濡れた美女の口の中に喉の奥まで含まれている。唇が根元をキュッと丸く締めつけ、内部では柔らかな舌がチロチロと蠢《うごめ》いていた。それはまるで絹のような滑《なめ》らかな感触で、たちまち一物は楓の清らかな唾液にどっぷりと浸った。

しゃぶりながらも、楓の指はふぐりを微妙に撫《な》でさすり、熱い息で彼の下腹をくすぐっていた。

栄之助は、彼女の口の中で最大限に高まってきた。

さらに楓は顔全体を上下に動かし、スポスポと唇で摩擦しはじめた。張り出したカリ首が唾液に濡れた口にこすられ、まるで身体ごと楓の良い匂いの口に含まれ、舌で転がされているような錯覚に陥った。

「く……、果てそうだ……。楓、私の顔も跨《また》いでくれ……」

栄之助が声を上ずらせて言うと、楓はチュパッと口を離して答えた。

「なりません。今日は私の口にお出しになって、すぐにお休みなさいませ」

「だ、出してよいのか……」

「ええ、もちろん。早く飲ませて下さいませ」

楓は熱い息で囁《ささや》き、再びパクッと含んできた。そして小刻みに口を律動させながら、クチュクチュと激しく舌を動かしてきた。

たちまち栄之助は気をやり、溶けてしまいそうな快感に貫かれながらガクガクと身悶《もだ》えた。

「ああッ……、か、楓……！」

栄之助は口走りながら、ドクンドクンと勢いよく楓の喉の奥に向けて射精した。

何という心地好さだろう。身を重ねて一つになるのも格別だが、こうして一方的に奉仕され、女の最も清潔な口に精を放つのは、何やら美を冒瀆《ぼうとく》してしまうような禁断の快感があった。

「ンン……」

楓は含んだまま小さく呻《うめ》き、喉に詰めて咳き込まぬよう注意深く受け止めながら喉に流し込んでいった。彼女の喉がゴクリと鳴って嚥下《えんか》されるたびに、口の中がキュッと締まって駄目押しの快感が得られた。

（ああ、飲まれている。こんな美人に……）

栄之助は感激に身を震わせながら、最高の快感の中で、とうとう最後の一滴までドクンと脈打たせた。

楓も、含んだまま最後まで飲み干し、ようやくスポンと口を離して、なおもヌメった尿道口を舌先で舐め回して拭き清めてくれた。

やがて楓は彼の下帯を整え、寝巻の裾を直してから添い寝した。

「飲んで、気持ち悪くないか……？」

「ええ。好きなお方のものなら大丈夫です」

楓が慈《いつく》しみを込めて囁く。彼女の吐息は、特に栄之助の体液の匂いはせず、いつもの果実に似た甘酸っぱい芳香を含んでいた。

栄之助は楓に腕枕してもらい、うっとりと余韻に浸り込んだ。そして、いつ楓が離れていったかも気づかないうち、すぐに眠り込んでしまったようだった。

三

――三日のち、おみねの処刑が行なわれた。

「どうもお世話になりました。三日間、極楽気分で過ごさせて頂きましたわ」

おみねが、栄之助と玄庵に頭を下げて言った。

まあ長く入牢している他の女囚と違い、おみねは一晩だけの牢暮らしだった。しかも売れっ子芸者で贅沢《ぜいたく》にも馴れていただろうから、神妙に言われると栄之助もいじらしい気がした。

そして何より、彼女のさっぱりした表情と落ち着きぶりに栄之助は感嘆した。

「何か、望みはあるか」

栄之助が言うと、

「思い残すことはなあんにもありゃしません。ただ遺髪だけは、新玉《しんたま》町に住む姉のさとに届けて下さいませんか」

おみねが答えた。

「承知した。必ず届けよう」

栄之助が頷くと、やがておみねは牢屋敷内の処刑場で、顔にへら紙を当てられ、首打ち役人の手によって斬首された。首を差し出したまま微動だにせぬおみねの最後は、実に見事なものだった。

その模様も、栄之助は玄庵とともに見ていたが、彼は哀れと思うよりも美女の首が胴から離れる瞬間に、何やら言いようのない興奮を覚えた。勢いよく脈打って飛び散る血が、精を放つ感じに似ている。

斬られた首は、前に掘られた血溜まり穴に落ちた。

晒し首になる場合以外は、このまま屍体に首を抱かせ俵詰めにして夜になって運び出すのだが、今回に限り、首も胴も検役のための小屋の片隅に備えられた腑分けの場所へと運び込まれることになっている。

中では、もう楓や、玄庵の弟子の若い医師たち数人が待機していた。

みな首から前掛けをして準備しているが、顔は青ざめ、恐怖と緊張の極に達しているようで、普段と全く変わりないのは楓だけだった。

そして栄之助と玄庵のみ、生き生きとおみねの屍体を運ぶのを手伝っていた。

栄之助は羽織《はおり》を脱ぎ、血溜りに落ちた首を拾ってもらい、自らの手で小屋へと運び込んだ。今日だけは、どんなに血で汚れても構わぬよう羽織の下には襤褸《ぼろ》を着てきていた。ただ生前のおみねにも会うため、あからさまに古着でいるのも何なので、羽織だけは新しいものを着ていたのである。

やがて白布の敷かれた台に肢体が横たえられると、小屋から全ての役人が出てゆき、中は玄庵の関係者だけが残った。

栄之助は、目を閉じて安らかな顔つきのおみねの首を台の端に置き、手を合わせてから黒髪を一束切り取って懐紙に包んだ。

「美しいのう」

玄庵が、横たえられたおみねの身体を見下ろして言う。

しかし頷いたのは栄之助だけで、他の弟子たちは今にも座り込みそうに、小刻《きざ》みに膝《ひざ》をガクガク震わせていた。今まで玄庵について多くの患者たちを診《み》てきただろうが、全て脈を取ったり腹部を触診して薬を調合したり、ときに鍼《はり》や灸《きゅう》を行なったりするだけだから、外科手術などの経験はない。まして死人を前にするなど、葬式のとき以外は初めてなのだろう。

玄庵は、おみねの肉体を隅々まで見回し、指で押して肌の張りなどを確認した。

白く滑らかな肌は、まだ生きているかのように瑞々《みずみず》しく、女囚たちによる私刑の痣も癒《い》えていた。だがさすがに指で押すと、凹《へこ》んだ肌が元に戻るには少しの間があり、刻々と肌の弾力は失われていくようだった。

栄之助は早速、楓が用意してくれた画紙に、首のないおみねの全身を描きはじめた。今回は急ぐため、彩色は主要な部分のみで、後からゆっくり色を着けることにし、輪郭の線に集中した。

「失礼」

玄庵が呟《つぶや》き、おみねの両足を全開にさせた。屍体とはいえ婦人の股を開き、好き勝手な格好をさせるのだから一言ことわったのだろう。

そして指を当てて陰戸を開き、奥の陰門の様子から、お尻の谷間まで広げて観察していった。陰門も肛門も締まっておらず、力なく緩んで内側の粘膜を僅かに覗かせていた。

それでも粗相などした様子もなく、そして店屋物など自由だった筈《はず》なのに精進潔斎《しょうじんけっさい》していたらしく、肛門内部にも汚れは見当たらないほど綺麗だった。

栄之助は、開かれたおみねの股間も綿密に描写した。

玄庵は、栄之助の写生が終わるのを待ってから、いよいよ小刀を手にした。みなの間にさっと重苦しい緊張が走った。

まず玄庵は、おみねの下腹に刃を突き立てた。何人かが、まるで自分が切られたかのようにビクッと肩をすくめて顔をしかめた。

臍《へそ》の少し下から真下に切り裂いていくと、みるみる肌の裂け目が弾けるように開かれていき、黄色い脂肪が覗いてきた。血は少量滴《したた》るだけで、噴き出ることもなかった。

さらに玄庵が奥まで裂きながら注意深く開いていくと、脂肪層の奥に赤身の肉が見え、さらにグネグネする腸が覗いてきた。

「綺麗じゃのう」

「はい、実に」

玄庵の脇から、僅かでも見逃すまいと身を乗り出している栄之助のみ、力強く頷いていた。

たちまち生臭い匂いが漂いはじめ、

「く……！」

弟子の何人かが呻いて口を押さえ、懸命に嘔吐《おうと》感と戦っているようだった。

やがて玄庵が下腹の奥へ手を突っ込み、薄桃色の拳《こぶし》大の丸いものを持ち上げて見せた。

栄之助は手早く描き、その色彩を観察した。桃色の表面に細かな血管も見えて何とも美しかった。

「これが子壺であろう。ん？　これは尿壺かな……？」

玄庵は、三十年ほど前に書かれた『解体新書』を読み、その知識を元にして一つ一つ推測しながら言った。

そして紛らわしく見える二つの玉を裂いてみた。

「失礼」

栄之助は指を伸ばし、僅かに液体の溜まっている内部に浸して舐めてみた。それはまだ生ぬるく、ほんのりと楓の尿に似た味と匂いがあった。

「こちらが尿壺ですね」

「そうか。ならばこの管は陰戸の尿口に繋《つな》がっていよう」

玄庵も平然と言い、栄之助に記録するように言ったが、周囲の弟子たちは目を丸くしていた。みな、栄之助のことを新入りの見習い、しかも医術ではなく絵による記録係として軽んじているきらいがあったのだが、この一見豪胆な振る舞いに誰もが見直しはじめたようだった。

さらにオサネも切り裂かれ、その根が意外に深いことを栄之助は知った。そしてどんな細かな部分も巧みに作られ、造詣の女神が微笑《ほほえ》んでいるように思えた。

玄庵は、いよいよ大きな裁ち切り鋏《ばさみ》を手にし、片方の刃を注意深く陰門に差し入れて切りはじめた。

楓も、甲斐甲斐しく玄庵の額《ひたい》の汗を拭ったり、あるいは栄之助が描きやすいようにおみねの両膝を広げて支えたりしていた。

ようやく苦労して穴が切り開かれ、内壁がよく観察できるようになった。

「これが快楽のもとだ。内側の襞は、全部で四十八あると言われている」

「数えてみましょうか」

「いや、個人差があろうから数は意味がない。とにかく、この襞の摩擦により男は極楽気分となり、また出産のときは襞が伸びて赤子を通すほどに広がるのだ」

「なるほど」

栄之助は穴の内襞まで克明に描いた。淡紅色の絵の具が多く必要だった。

玄庵は、徐々に奥まで切り裂いて、子袋との繋がり目まで確認し、今度は腸を肛門までたぐり出していった。

グネグネとした太い大腸が引っ張り出され切断されると、血脂の生臭い匂いに、強烈な糞臭までが入り混じった。とうとう一人が脱落して小屋の外へ飛び出すと、あとはつられたように我も我もと出払ってしまい、残ったのは栄之助と玄庵、楓の三人だけになってしまった。

腸を縦に裂くと楓が水をかけて内部を洗い流し、その内壁を栄之助が書き留めた。

「美しいのう」

「はい」

「食べたいのう」

「はい。では少しだけ」

「いけません！」

玄庵と栄之助の会話に、楓がたしなめるように言った。

「おみねさんが見ていますよ。鬼ですか、あなた方は」

言われて見ると、確かに屍体の頭の方には切断された首が立てられており、おみねが薄目でこちらを見ていた。

「やはり、食べるわけにはいかんのう」

「はい……」

楓に叱《しか》られ、玄庵と栄之助は子供のようにうなだれた。

そして玄庵は、最も女らしい丸みを帯びた乳房とお尻も切り裂き、その神秘を覗き込んだ。中はやはり、黄色いヌメヌメした脂肪と、赤身の肉が奥にあるだけだった。

しかし、こうして女体の中味を一つ一つ暴《あば》いていっても、やはり栄之助は婦人に対する欲望と神秘性は全く失われていないことに気がついた。

血も肉も脂も腸も、みな男と同じであって、やはり同じではないのだ。それは、汗の匂いが男女で全く違うように、これが男のものであれば他の弟子と同じように気持ち悪く感じて逃げだしただろうが、美女の発する匂いならば、たとえ屍体であろうとも、それは栄之助の股間をくすぐる刺激的で官能的な芳香なのであった。

まあ、あえておみねと親しくしなかったから、こうした気持ちにもなれたのだろう。これで情を通じ合っていたら、哀れさが先に立ち、とてもこんな淫らな気分にはなれなかったに違いない。

やがて玄庵は腑分けを終了した。内臓関係は調べず、婦人独自の内性器に集中したので時間も短く済んだのである。

玄庵は傷口を縫合し、楓が生首に化粧を施した。

まあ、仕置きになった者なので首までは縫合せず、掟《おきて》どおり屍体に首を抱かせて桶に入れた。そして三人で合掌し、後の処置を役人に任せて小屋を出た。もちろん約束どおり、おみねは懇《ねんご》ろに弔いをされることになっている。

三人は外で前掛けを外し、手を洗った。

途中退場して待機していた弟子たちは、せめてもと腑分けに使用した道具類を洗って帰り支度をした。

「さて、今日は湯屋へでも行くか」

玄庵が言う。

「いえ、私は一刻も早く戻り、綿密な着色を施したいと思います」

栄之助は、今日描いた貴重な絵の数々と絵の道具を楓から受け取り、大切そうに抱え込んで答えた。

「さ、榊どの……」

弟子たちが、思い詰めたような表情で栄之助に言った。

「なにか……」

「私たちは、貴殿の冷静で豪胆な振る舞いに、すっかり感服致しました。今後は、兄弟子だの新参だのという隔《へだ》てなく、どうかご別懇にお願い申し上げます」

みな栄之助を、離れに住まわせてもらい玄庵に依怙贔屓《えこひいき》されていると思い、良い印象を持っていなかったのだろうが、今日の腑分けの立ち会いですっかり彼は見直されたようだ。

まあ実際は、女体への欲望が全てであり、性的な興味と好奇心から立ち会っていただけなのだが、連中には栄之助の淫らな心根までは見えていないのだろう。

「いえ、こちらこそ。では急ぎますので御免」

栄之助は玄庵と皆に一礼し、楓を連れて先に屋敷へと戻っていった。

四

「マア、それはわざわざ……」

おさとが、栄之助を招き入れて言った。新玉町にある小ぢんまりとした一軒屋だが、二階もあり快適そうな住まいだ。

栄之助は一人で、おみねの姉、おさとに会いに来ていたのだ。

遺髪と位牌を届けると、おさとはそれを仏壇に上げた。

「ほんとに、お仕置きになるなんて、どういう因果でしょうかねエ……」

向き直ったおさとをあらためて見て、栄之助は目を見張っていた。何と、おみねに瓜《うり》二つではないか。まるで、腑分けをしたおみねが、ここにこうして生き返っているように思えるほどだ。

しかし双子《ふたご》ではなく、年子というからおさとは三十ちょうど。

後家らしいが、今はさる大店《おおだな》の妾《めかけ》になり、こうして一軒屋を持たされているという。芸者だったおみねと同じく音曲が好きなようで、今は二階で長唄を教えているようだった。

「実際、殺したいほど好きだったんでしょうねエ」

「はあ」

栄之助も、あらためて仏壇に手を合わせた。

おみねは約束どおり手厚く葬られたが、もちろん腑分けのことはおさとには話していない。栄之助や玄庵のような人間ならともかく、普通の人で、まして身内となれば、死んだ後にも腹を裂かれ秘所を露わにされたなどと聞かされるのは、とても耐えられることではないだろう。

しかし、おさとも思っていたより淡々としていた。

お互い幼い頃から別々に奉公に出され、おみねが芸者見習いとして住み込むようになってからは会うことも無くなっていたのだろう。

身内が仕置きになったからといっても、おさとは客商売でもないから人々に非難されることもなかった。むしろ瓦版では女の情を誇張して書かれたから、おみねへの同情の方が大きかったくらいである。

「それで、榊さまとおっしゃいましたか、どうしてお医者さまがみねの遺髪を？　打ち首のものが真っ当なお弔いをされるなど」

おさとは、あらためて不審に思ったようだ。

「ああ、私は医者ではなく典医専属の絵師で、みねには婦人の身体の代表として描かせてもらった義理があるのだ。その貢献と協力があったから、特別なお慈悲《じひ》をもって弔いが許されたのである」

栄之助は、曖昧《あいまい》に説明した。これならおさとも、おみねが生前に協力していたと解釈してくれるだろう。

実際、おさとも納得し、別の興味が湧いてきたようだった。

「婦人の身体の代表というと、その、ご開帳なんかも？」

「あ、ああ、むろん婦人の病の治療には、より正確な絵が必要だったからな」

「そうでしたか。まあ売れっ子芸者とはいえ、好きな客ができてからは、他の客の座敷を放ったらかしたりで、実入りも減っていたようですからねえ、そう、あの子はそのような仕事まで……」

おさとは、おみねが芸者時代に副収入を得るために絵の手伝いをしていたと思ってくれたようだった。

「そんなにお世話になっていたのに、あんな刃傷沙汰を起こして、お手伝いの方も半端のまま御迷惑をおかけしてしまったのではありませんか？」

「いや、そのようなことはない」

「でも、もしよろしければ、私がお手伝いの続きを……」

おさとの目が、急に潤《うる》んで妖《あや》しい光を宿しはじめた。声も、いつしか甘ったるく粘つくような艶めかしさを含み、熟《う》れた女の香りが濃くなってきたように感じられた。

「そ、それは助かるのだが……」

「ええ、おみねの代わりに、どんな格好でも致しますよ。まして枕絵ではなく、人様のお役に立つ絵であるならなおさら。それに私とおみねは小さい頃から、双子のようにソックリでしたからね、おみねの代わりには私が最も相応《ふさわ》しいと思います」

言われて栄之助も、次第にその気になってきた。何しろさっきから死んだおみねが生き返って目の前にいるような錯覚に陥《おちい》っていたし、腑分けをしてからというもの、おみねのことを夢に見るほど未練がつのり、もっと彼女のことを知っておけば良かったという思いがあったのである。

それに少しでも多くの女体や陰門を見て、描くことが今後の玄庵との仕事に役立つし、何よりも栄之助自身の欲望も満たされるというものだった。

「お金は要りません。言っちゃ何ですが、今はそんなに不自由してませんから。旦那《だんな》は滅多に来ないし、お稽古も毎日ではないから暇《ひま》ばかり持て余してたんです。どうか、やらせて下さいまし」

「そうか。ならば頼もう。明日にでも、絵の道具を持って訪ねてくる」

「お願い致します。その代わり……」

おさとがにじり寄ってきた。

「なんだ？」

「ご開帳して絵に描かれるとき、私は普通じゃいられないかもしれません」

「どういうことだ？」

「見られるだけで、気をやってしまうかもしれないんです。何しろ私はぼぼ汁が多いたちでして、一人ですることも多いです。たまに来る旦那は歳だし、お稽古では気は紛れやしません。どうか、描いた後は私の火照りを静めて下さいナ……」

おさとが栄之助に縋《すが》り付いてきた。

おみねも情が濃いたちだったが、それに輪をかけて姉のおさとは多情で、今も飢えて若い栄之助に欲情しているようだった。

栄之助は、むせ返るように甘ったるい女の匂いに酔いしれ、彼女の興奮が伝染したようにゾクゾクと高まってきた。

そして彼が身を任せるように力を抜くと、嫌がっていないことを察したおさとはピッタリと唇を重ねてきた。

紅と白粉《おしろい》の香りに混じり、おさと本来の甘い息の匂いが栄之助の鼻腔をくすぐった。

すぐに舌がヌルッと潜《もぐ》り込んで、栄之助の口の中を隅々まで慈しむように舐め回してきた。おさとの舌は犬のように長く、生温かな唾液にタップリと濡れていた。

そして彼女は熱い息を弾ませ舌をからめながら、栄之助の手を取り、身八ツ口から差し入れて乳房を探らせた。

肌はほんのりと汗ばんで生温かく、膨らみはおみねよりも豊満だった。指で探ると乳首はコリコリと硬くなっていた。

「あん、気持ちいいわ……」

おさとが口を離して喘ぎ、まるで子供でも抱くように栄之助を胸に抱え込んだ。

いかに栄之助が武家上がりで気取った話し方をしていても、おさとから見れば彼など小僧っ子で、とても太刀《たち》打ち出来るほどの貫禄は持ち合わせていないから、栄之助もただ身を任せるばかりだった。

「おみねとは、したの？」

耳元で、おさとが熱い息で囁いた。

「いや……」

「そう、じゃまだうぶなのね。何もかも教えてあげる」

おさとが言って、彼の手を引き離して立ち上がった。

そして戸締まりをしてから栄之助を二階へと誘い、布団を敷いた。

どうやら若い栄之助を未経験と思い込んでいるようだ。栄之助もまた、無垢《むく》を装った方が艶めかしい体験ができると思い、おさとの思い込んだままにしておいた。やはり年下の楓より、一回りほども年上の熟れた女に手ほどきを受けたいというのが栄之助の長年の願いだったのだ。

「さあ、今日は誰も来ないわ。安心して全部脱いで」

言いながら、おさとも自分から帯を解きはじめた。

「まだ明るいけれど、どうせ明日も明るいうちから絵を描くのでしょう。私も、どんな格好をするにも馴《な》れておかないと」

おさとは、たちまち湯文字一枚になって布団に横たわった。

栄之助も着物を脱ぎ、下帯一枚になって傍《かたわ》らに座り、おさとの豊かな乳房を見下ろして思わずゴクリと生唾《なまつば》を飲んだ。

さらにおさとが湯文字を取り去り、一糸まとわぬ全裸になった。

おみねより肉付きが良いが、脂の乗った肌の滑らかさと白さは、おみねに優るとも劣らぬほど魅惑的だった。

（この柔らかな腹の奥に、グネグネした腸や子袋が詰まっているんだ……）

栄之助は腑分けを思い出し、まるでおみねを前にしているような興奮が湧いた。

普通の人間であれば、数日前に腑分けをして、それと瓜二つの女性を前にしたら萎縮《いしゅく》してしまいそうなものだが、栄之助は違っていた。外見も中味も含めて、全て女体とは魅力的なのだった。

「描く時は、どんな格好をするの？　いきなりご開帳させられるの？」

「ああ、開いたままじっとしてもらわねば……」

「こうかしら？　アア、恥ずかしい……」

いきなりおさとは両足を開いて見せた。

「ネエ、見て。こんなお道具で、お役に立つかしら……」

おさとが言い、栄之助も下帯を解き、彼女と同じように全裸になって、その股間へと屈み込んでいった。

五

自分で言っていただけあり、おさとの秘所はすっかり大量の淫水が溢れ、陰唇も陰門の周囲もヌメヌメと妖しく潤っていた。

栄之助はそっと指を当てて陰唇を広げてみたが、あまりに多いヌメリに指が滑り、奥へと当て直してグイッと開いた。陰門の周囲には細かな襞が花弁のように入り組み、包皮を押し上げるように突き立ったオサネは大きめで、まるで男根の先端そっくりの形をしていた。

内腿はムッチリと肉付きが良く、白く滑らかだった。その股間には、熱気と湿り気が悩ましい女の匂いを含んで籠もり、とうとう栄之助はおさとの、黒々とした恥毛の密集する丘にギュッと顔を埋め込んだ。

「あぁッ……！」

おさとが、驚いたように声を上げ、反射的に内腿で彼の顔を強く挟みつけてきた。

最初は見たりいじったりするだけで、いきなり舐められるとは思っていなかったのだろう。まして栄之助が、今は医者の見習い絵師であっても、言葉遣いや物腰から武士であることも察していたようだったから、なおさら女の股座《またぐら》に顔を押し付けるのが意外だったようだ。

とにかく栄之助は夢中で、柔らかな恥毛の隅々に籠もる濃厚な匂いを胸いっぱいに嗅いだ。それは甘ったるい汗の匂いに、熟れた女の体臭や残尿が入り混じり、えもいわれぬ艶めかしい芳香となって栄之助の股間を刺激してきた。

栄之助にとっては、初めての相手であり今でも好きなようにできる楓が女の基準になっているが、その楓との違いを一つ一つ確認するのも楽しく、興奮する作業だった。

舌を伸ばし、割れ目の表面からゆっくりと味わっていった。

中に差し入れると、ヌメッた柔肉が心地好くヌルッとした感触で迎えてくれ、大量のトロリとした淫水が舌を濡らしてきた。

栄之助はヌメリをすくい取るように掻き回し、大きめのオサネまで舐め上げていった。

「あう！」

おさとが息を呑み、ビクンと腰を跳ね上げて反応した。

さらに栄之助は彼女の両脚を持ち上げて浮かせ、豊満な腰を抱え込んだ。

そして白い双丘の谷間を両の親指でグイッと広げ、奥でひっそりと閉じられている薄桃色の肛門をシゲシゲと観察した。

綺麗な襞が細かく揃い、そこに小さな紙の破片が付着していた。それを指で取り除いてから鼻を埋め込むと、ふっくらとした汗の匂いに混じり、生々しく秘めやかな刺激がほんのりと鼻腔を撫でた。

栄之助は激しく興奮し、おさとの菊座を舐め回した。

「アア……、そんなところを……」

おさとが浮かせた脚をガクガク震わせて口走ったが、栄之助は構わず、味も匂いもなくなるほど舐め、舌先をヌルッと内部にまで押し込んだ。

「く……！」

おさとは、呼吸まで詰まってしまったかのように呻いて、全身を強ばらせた。

やはり、ここを舐められるのは抵抗感と羞恥が著《いちじる》しく湧くのだろう。しかし栄之助の目の前にあるワレメからは、新たな白っぽい大量の淫水が後から後からトロトロと湧き出して、彼の鼻の頭をベットリと濡らしてきていた。

やがて栄之助はおさとの菊座から舌を引き抜き、溢れる淫水を舐め取りながらオサネへと舌を戻し、同時に指をヌルッと陰門に差し入れていった。

「アァッ……！　も、もう堪忍《かんにん》……！」

おさとがクネクネと身悶えて声を上ずらせ、さらに指で内部を掻き回されながらピュッと陰門から汁を飛び散らせた。

(女でも、男が精を放つように淫水を噴出させるのか。まるで、ハマグリが潮を噴くようなな……)

栄之助は感嘆し、また一つ女体の神秘を目の当《ま》たり《あ》にした思いだった。

おさとは何度か淫水を飛ばしてから、股間にいる栄之助を押しのけて脚を閉じ、そのままゴロリと横向きになって身体を縮《ちぢ》めてしまった。気をやりすぎて、さらなる刺激が苦痛になってきたのかもしれない。

栄之助も、ようやく身を起こしてから、今度は横になっているおさとに添い寝し、その豊かな胸に甘えるように顔を押し付けていった。

おさとも、まだ荒い呼吸を繰り返しながら腕枕してくれ、彼の顔にギュッと乳房を押し付けてきた。

「あんまり気持ち良すぎて、どうかなりそうだったわ……、あんなに舐めるなんて、うぶなのに根っからの女殺しなのかもしれないわねエ……」

おさとが、栄之助の坊主頭を優しく撫ぜながら囁いた。

栄之助は乳首を含み、豊満な胸の谷間や腋の下から漂う甘ったるい汗の匂いと、上からも吐きかけられる悩ましい吐息に包まれながら舌で転がした。

目の前いっぱいに白い肌が迫って息づき、栄之助は左右の乳首を交互に含んで吸い、さらに淡い腋毛《わきげ》の煙《けぶ》る腋の下にも顔を埋め込んで、女の匂いで胸を満たしながら汗ばんだ肌を舐め回した。

「ああン……、気持ちいい……」

おさとがクネクネと身悶えて言いながら、いつしか手を延ばして栄之助の強ばりを手のひらに包み込んできた。

そして彼女が上からのしかかり、一物を弄びながら唇を重ねてきたのだ。

栄之助は仰向けになり、おさとに身を任せた。

舌が潜り込み、温かな唾液が注がれてくる。さらにおさとは栄之助の唇を軽く嚙み、鼻の穴まで舐め上げてきた。

「可愛いわ。食べてしまいたい……」

おさとが近々と顔を寄せたまま熱く甘い息で囁き、一物を握ったまま、彼の首筋から胸へと舌で這い降りていった。

彼女の愛撫は荒々しく、栄之助の乳首にも激しく吸いつき、また嚙むのが好きなようで、あちこちに刺激的で甘美な愛咬を繰り返した。

栄之助の胸にも腹にも、まるで巨大なナメクジでも這い回ったようなヌメヌメとした唾液の痕《あと》が縦横に印され、やがておさとの熱い息が彼の快感の中心に吹きかけられてきた。

おさとは両手で押し包むようにしながら、まずは先端にチロチロと舌を這わせ、幹を這い降りてふぐりにまでしゃぶりつき、睾丸を一つずつ吸ってから、再び幹の裏側を舐め上げて、今度は上からスッポリと喉の奥まで含んできた。

「ああ……」

栄之助はうっとりと喘ぎ、おさとの口の中で温かな唾液にまみれながらヒクヒクと一物を震わせた。

おさとは幹を丸く口で締め付けながら、内部でクチュクチュと舌を蠢かせ、さらに上気して桜色に染まった頬をすぼめてチューッと強く吸いつきながらスポンと引き抜き、それを何度も繰り返した。

「も、もう……」

栄之助は限界に達しそうになり、必死に身悶えて降参した。

「オオ危ないこと。あんまり可愛くて、つい沢山吸ってしまいました……」

おさとも、すぐに口を離して身を起こし、仰向けの栄之助の股間に跨ってきた。

そして幹に指を添えて自らの陰門にあてがいながら、ゆっくりと腰を沈めて柔肉の奥に呑み込んでいった。

たちまち屹立した肉茎は、ヌルヌルッと一気に根元まで潜り込み、栄之助はその摩擦快感に奥歯を噛み締め、必死に暴発を堪えた。

「アアッ……、いいわ……」

貫かれながら、おさとが顔を上向けてうっとりと口走った。

互いの股間同士がピッタリと密着し合い、柔らかな恥毛がこすれ合った。

おさとはグリグリと股間を押し付けるように動かし、豊かな乳房を揺すって喘いだ。

やがて上体を起こしていられなくなったように身を重ね、栄之助も下から両手を回してしがみつきながら、ズンズンと股間を突き上げはじめた。

溢れる淫水が栄之助のふぐりから内腿までもベットリとヌメらせ、互いが股間をぶつけ合うように動くたび、ピチャクチャと何とも淫らに湿った音が響いた。

「あう！　モウ堪らないわ……！」

おさとが狂おしく身悶え、激しい勢いで動きながら股間をこすりつけてきた。

栄之助の方も、もう我慢しきれずに精を放ってしまい、宙に舞うような激しい快感に身体中を包み込まれてしまった。

「あ……、感じる。熱いわ。出ているのね……」

おさとが、子袋の入口を直撃する精の脈打ちを感じ取って言い、続けて自分も完全に気をやってしまったようにガクンガクンと全身を反り返らせた。

同時に内部がキュッキュッと何とも心地好い収縮を繰り返し、栄之助は最後の一滴まで完全に絞り出した。

ようやく満足して動きを止め、グッタリと力を抜くと、少し遅れておさとも力尽きたように彼に体重を預けてきた。

しばし二人とも動くこともできず、汗ばんだ肌を重ねながら、ただハアハアと荒い呼吸を繰り返すばかりだった。

「ネエ……、きっと明日も来てね……、そして絵を描いたあとで、うんと……」

おさとが栄之助の耳に口を付け、熱い息で囁いてきた。そして、まだ深々と入ったままの一物をキュッと締めつけてきた。

栄之助は頷き、おさとの温もりと甘い匂いに包まれながら、うっとりと快感の余韻に浸った。

それにしても、玄庵と出会ってから急に女運が向いてきたものだ。

運命といえばそれまでだが、ついこの間までは部屋住みの居候で、枕絵を買う小遣いにも不自由して悶々と自淫していたのだ。それが今はこうして生身の女体が自由になってしまう。

絵と射精しか取り柄のなかった自分が、天職を得たのだ。

全ては玄庵のおかげで、栄之助は粉骨砕身《ふんこつさいしん》、彼のため医学のため、そして自分自身のために頑張ろうと思うのだった。

第三章　夏色菊暦

一

「結城《ゆうき》玄庵だな。天に代わって成敗してくれる」

いきなり堤の草むらから一人の浪人ものが現われた。痩《や》せて目つきが鋭く、二尺八寸はあろう大刀を抜き放った。

栄之助は、玄庵や楓とともに薬草摘みに行った帰りで、辺りはすっかり夕闇が迫っていた。

「何者だ。わしが何をした」

玄庵が、声は勇ましいが栄之助の後ろに隠れながら言った。栄之助も、道場の稽古が何より嫌いだったし、今は脇差しか帯びていないので膝が震え、立って呼吸しているのがやっとというほど恐怖に萎縮してしまった。

「己《おのれ》が欲望のために婦女子を腑分けし、死者を弄《もてあそ》んだ罪だ。覚悟せえ！」

浪人が大上段に振りかぶり、栄之助と玄庵に向かって斬りつけてきた。

「ご無礼」

楓が栄之助の脇差を逆手《さかて》に抜き放ち、浪人の一太刀めを発止《はっし》と受け止めた。

その隙《すき》に栄之助と玄庵は後退し、楓の奮戦ぶりを見つめた。

「ちっ……！」

予想していなかった強敵に浪人が舌打ちし、今度は八双《はっそう》から袈裟《けさ》に斬りつけた。

しかし楓は逸早く懐《ふところ》へ飛び込み、柄頭で浪人の水月《すいげつ》に当て身を食らわせていた。

「うぐ……！」

呻《うめ》いて屈《かが》み込むのを、さらに手首をひねって投げ付けた。流れるような美しい動きで、たちまち浪人は大刀を取り落として草の上に大の字になった。

すかさず楓が膝頭で脾腹《ひばら》を押さえつけ、さらに腕の関節を決めながら草履で浪人の顔を踏み付けた。

（わあ、いいなあ……）

見ていた栄之助は、浪人が意外に呆気《あっけ》なくやられた安心も相まって、思わず股間を疼《うず》かせてしまった。あの美しい楓が、恐い顔をして人を攻撃するところを見るのは、何とも言えない興奮が湧いた。

自分も、この同じ河原で彼女に投げられ押さえつけられたのだが、いくら言っても、もう楓は主人である栄之助には戯《たわむ》れにしろ攻撃などしてくれなかったのだ。

「誰に頼まれた」

楓が、日頃見せたことのない恐ろしい眼差しで詰問し、浪人の喉に脇差の刃を押し付けた。

しかし浪人は脅しと思ってか、唇を引き結んで外方《そっぽ》を向いた。

「よし。ならば言わなくて良い。その代わり、二度と刀を持てなくするぞ」

楓は言い、浪人の利き腕の指を一本一本逆向きに折り曲げはじめた。ごきりと音がして指の骨が折れるたび、

「ぐわーッ……！」

ひとたまりもなく浪人は悲鳴を上げ、苦痛に顔を歪《ゆが》めてもがいた。

そして小指、薬指と折られ、中指に楓の手がかかったとき、

「い、言う……」

浪人が降参したように声を絞り出した。

「言わなくて良いと言っている。さあ残りの指を」

「た、助けてくれ。依頼人は、寿《ことぶき》町の妙斎《みょうさい》だ……」

それは、町医者の名だった。

玄庵も元は町医者だったが、腕が良いとの評判を藩主が聞き付けて城に呼んで御典医となった。おそらく、同業者がそれを妬《ねた》んで浪人を雇ったのだろう。

「やはりそうか。楓、もうよい」

玄庵が言うと、楓も手を離し、浪人の顔から足をのけた。

「金で誇りを売るか。舌を嚙んで死ぬこともできぬ痴《し》れ者！」

楓は離れ際に言い、激しい勢いでペッと浪人の顔に唾を吐き掛けた。

（わあ、私もああされたいなあ……）

栄之助はすっかり勃起しながら思い、引き上げてきた楓から脇差を受け取って鞘に納めた。

帰宅し、風呂と夕餉《ゆうげ》を終えると栄之助は離れの自室に戻り布団に横になった。

まだ腑分けの絵は完成していないが、やはり着色は昼間の明るい場所ですることにしているのだ。

「楓」

たまらず栄之助は彼女を呼んだ。本当は毎晩でも抱きたいのだが、ここのところ昼間ずっと根を詰めて彩色しているので疲れが溜まり、しかも新玉町のおさとにも定期的に会いに行って絵を描き、そのあと必ず情を交わしているので、楓とするのも実に久しぶりだったのだ。

「はい」

楓が、すぐに蚊帳の中に入ってきた。彼女も、そろそろ栄之助の欲望が溜まってきたころだと察していたのだろう。そして楓自身、浪人ものと白刃を交えて戦った興奮が残っているのかもしれない。

しかし、今夜の栄之助の要求は楓の予想を越えていた。

「あの、浪人ものにしたように押さえ込んでくれぬか」

「え……？」

楓は、不思議そうに小首をかしげた。

「ど、どのように……」

「顔を踏み付けてみてくれ」

「で、できませぬ。そのようなことは絶対に……」

楓は、また栄之助の戯《たわ》けた癖がはじまったと思い、身を強《こわ》ばらせて尻込みした。もう楓も、栄之助の性癖が分かってきているのだが、やはり実際に行なうとなると激しい抵抗があるのだろう。

「だって、浪人にはしたではないか。踏むばかりではない、唾も吐きかけてほしい」

「あれは敵です。しかも軽蔑《けいべつ》から発したことです。決して、栄之助さまに対してできることではありません」

楓は、仰向けになっている栄之助の枕許に端座しながら、緊張に肩をすくめていた。

しかし栄之助が言い出したら、実行するまで終わらないということも楓は良く知っているのだ。

「どうか、私にして下さいまし。それならば」

「女子に、そのようなひどい仕打ちができるか」

「ならば、私も同じでございます。御主人様にそのような無礼は許されません」

「私が望むのだ。美しいそなたの唾で清められたい」

栄之助は、懇願している自らの言葉だけでも激しく興奮し、今にも暴発しそうなほど高まってきた。

「さあ、まずは足で……」

栄之助は有無を言わさず、楓を促《うなが》した。

「ならば、せめて急いで湯殿で洗って参りますからしばらく……」

楓は、いつも最後に入浴するので、まだ今夜は湯に浸《つ》かっていないのだ。

「駄目だ。今するのだ」

「ど、どのように……」

楓も観念したように言い、栄之助は彼女を立たせた。やはり低い位置から足を乗せてもらうだけでは気分が出ず、それはいつも彼女の足を舐めるのと同じ程度だった。

「ああ……」

楓は蚊帳の中で屈んで立ちながらも、なかなか足を浮かせることができないでいる。

今回も、舐めるのではなく踏んでもらうのが目的だから、栄之助は足を摑んで乗せるようなことはせず、あくまで彼女の意志でしてくれるのを根気よく待った。

「や、やはり、できませぬ……」

楓は何度もくじけかけたが、栄之助が執拗に待っているので、とうとう震えながらそろそろと足を浮かせ、やっとの思いで足裏を彼の顔に乗せた。

「アアッ……！」

楓は、触れた途端ビクッと声を洩らし、慌《あわ》てて足を引き離そうとした。

しかし栄之助がシッカリと彼女の足首を摑み、その足裏にペロペロと舌を這わせはじめた。

「い、いけません……！」

楓は、とても立っていられず、栄之助の傍らに座り込んだ。

栄之助は指の股に籠もって蒸《む》れた、美女の汗と脂の匂いを胸いっぱいに嗅ぎながら舐め回した。

踏まれてみるのもなかなか心地好いが、どう望んでも楓は、あの浪人ものにしたように本気で踏み付けることなどしてくれないだろう。やがて栄之助は本来の目的である、美女の足の味と匂いに夢中になっていった。

指を一本一本しゃぶり、全ての指の股にもヌルッと舌先を割り込ませて蠢かせた。

たちまち楓は快感と畏《おそ》れ多さに力が抜けたように仰向けになって喘ぎはじめ、栄之助も身を起こしてもう片方の足も舐めた。

そして味わい尽くしてから、徐々に脚の内側を舐め上げ、帯を解いて互いに全裸になり栄之助は楓の股間に顔を潜り込ませていった。

ムッチリと張りのある健康的な内腿の間に割り込み、楚々とした茂みに鼻を埋めると、栄之助の大好きな楓の匂いが馥郁《ふくいく》と鼻腔を刺激してきた。甘ったるい汗の匂いで胸を満たしながら、栄之助はすっかりヌラヌラと潤っている花弁に舌を這わせた。

「あ……、あぁッ……」

楓が喘ぎ、下腹をヒクヒクさせて悶えた。

栄之助は執拗にオサネを舐め上げながら大量の淫水をすすり、茂みの隅々に籠もっている女の匂いを嗅いだ。

さらに彼女の両足を抱え上げ、お尻の谷間に指を当ててグイッと開き、奥でひっそり閉じられている桜色の肛門も舐め回した。

「く……！」

楓が両手で顔を覆い、懸命に喘ぎ声をこらえた。いくらやめてくれと懇願しても、栄之助は気が済むまで舐めることを知っているのだ。

お尻の谷間全体にも淡い汗の匂いが籠もり、野菊のようなツボミの中心部にはうっすらと秘めやかな生々しい匂いが感じられ、栄之助はゾクゾクと胸を震わせながら夢中で舐めた。

そして舌先をヌルッと押し込み、滑らかな舌触りの粘膜をクチュクチュ味わうと、

「も、もう御勘弁を……」

楓が降参するようにクネクネと身悶え、栄之助もようやく満足して顔を離した。

そのまま仰向けになり、楓を押し上げると、彼女はハアハア息を弾ませながら身を起こし、屈み込んで一物を含んで、唾液に濡らしてから彼の股間に跨ってきた。

茶臼《ちゃうす》で楓が交合し、上から完全に座り込んだ。ピッタリと股間が密着し、すぐにも楓は

腰を突き動かしてきた。

それを栄之助が制し、

「さあ、唾を吐きかけてくれ……」

囁くと、楓はビクッと微《かす》かに身じろぎ、深々と入っている栄之助自身をキュッときつく締めつけてきた。

本当は、早く動いて栄之助を果てさせようと思っていたのだが、やはり興奮の最中でも彼は強い願望を忘れていなかったのだ。

「どうしてもですか……?」

「ああ、どうしてもだ。するまで終わらないぞ。そうだ、ついでにこれも」

栄之助は仰向けのまま手を延ばし、自分の脇差を取って抜き放ち、楓に持たせた。

「これを私の喉元に突きつけながら唾を吐くのだ」

「そ、そんな……!」

「するのだ」

栄之助は、楓を貫きながら言い、彼女の内部でヒクヒクと一物を震わせた。

楓はガタガタと震えながら柄を握り、恐る恐る栄之助に刃を向けた。あらゆる状況に備えて鍛練を積んできた楓も、今は心細げな処女のように戸惑うばかりだった。

「お、恐ろしくはありませんか……？」

「ああ、楓にならば何をされても大丈夫だ。むしろ心地好い」

栄之助は、白刃を突きつけられながら、肛門から背筋にかけて走り抜ける甘美な震えを心ゆくまで味わった。

「さあ、早く続きを」

「お許しを……」

楓は覚悟を決め、愛らしい唇をすぼめてペッと唾液を吐きかけてきた。

一陣の甘酸っぱい息とともに、ひんやりする液体が栄之助の鼻筋を濡らした。その感激と興奮に、楓の中の一物が、さらに容積を増した。

「もっと強く、顔中に……」

栄之助が快感に腰を突き上げながら言うと、楓も次第にためらいをかなぐり捨てて、さらに量と勢いをつけて吐きかけてくれた。

顔中が生温かくヌルヌルする液体にまみれ、栄之助は果実のような芳香に包まれた。

口にも大量に垂《た》らしてもらうと、楓の唾液はトロリと滑らかで適度な粘り気を持ち、細かに弾ける小泡の全てに楓の甘酸っぱい匂いが含まれているようだった。飲み込むと、うっとりするような悦びが全身に広がり、今まで飲んだどんな美酒よりも栄之助を心地好く酔わせてくれた。

その間も栄之助はズンズンと股間を下から突き上げ、それに合わせて楓も動くから、大量の淫水が溢れて彼のふぐりから内腿までもネットリと濡らしてきた。

そして栄之助は、顔中に楓の唾液を受けながら、とうとう激しい快感に全身を貫かれてしまった。

「ああッ……！」

楓も喘ぎ、気を遣《や》ったようにガクンガクンと全身を波打たせ、栄之助の一物をキュッキュッときつく締め上げ続けた……。

二

「アア……、気持ちいいッ……！」

おさとが、身をよじりながら口走った。

今日も栄之助は、おさとの家を訪ねて絵を描き、そのあとで彼女の火照《ほて》りを鎮めているのだった。

絵を描きながら、様々なあられもない格好をさせ、股間に潜り込んで秘所を観察する間にも、おさとのワレメからは白っぽく粘つく淫水が後から後からトロトロと溢れ、何度も拭わねばならないから描き写すのも難儀であった。

しかし栄之助も、絵のあとの楽しみがあるから辛抱して何枚か描き、こうして心置きなくおさとの股座に顔を埋め込んで舐めることができた。

「も、もう駄目……」

オサネを舐められるだけで彼女は何度か気を遣り、とうとう股間を庇うようにゴロリと横向きになった。

栄之助は、今度は目の前いっぱいに迫る豊満な尻に顔を押し付けていった。

指でムッチリと双丘を開き、ほのかに艶めかしい匂いの籠もる尻の穴を舐めた。

細かな襞がヒクヒクと息づき、栄之助はタップリと唾をつけて舐め回し、中にも差し入れてヌルッとした内壁を味わった。

「アアッ！　もういいわ。お願い、早く入れて……」

おさとが息も絶えだえになって懇願し、栄之助もようやく彼女を仰向けにしてのしかかっていった。

一物を押し当て、一気に挿入すると、熱くヌメった柔肉にヌルヌルッと滑らかに呑み込まれた。根元まで押し込むと、栄之助は屈み込んで豊かな乳房に顔を埋め、汗ばんだ肌の匂いを嗅ぎながら左右の乳首を交互に吸った。さらに伸び上がっておさとの口を吸い、甘く濡れた舌を舐め回しながら、熱く悩ましい吐息を胸いっぱいに吸い込んだ。

そのまま股間を突き動かしてズンズンと一物を出し入れすると、

「ま、待って……」

おさとが、思い詰めたように口を開いた。

「お尻の穴に、入れてみて……」

「え……？　大丈夫かな……」

栄之助も動きを止め、その言葉に激しい興味を抱いた。

「平気よ。陰間《かげま》も入れて喜ぶでしょう。入らないわけないわ。それに先生に舐められて、急に入れてみたくなったの……」

栄之助もその気になり、身を起こしながらゆっくりと引き抜いていった。

溢れる淫水が肛門の方まで滴《したた》ってタップリとヌメらせていたから、そのまま先端を押し当てて力を込めると、簡単にズブリと潜り込んだ。

「あう……！」

おさとが眉をひそめて呻いたが、拒む様子はなかった。

薄桃色の細かな襞が丸く押し広がり、血の気を失って今にもピリッと裂けそうなほど張り詰めて光沢を放った。

しかし一番太いカリ首が潜り込むと、あとは楽にズブズブと根元まで入った。

さすがに入口の締まりは良い。内部の温もりや感触は、やはり微妙に違った感じがあった。

「ええ、大丈夫よ。変な感じだけど、気持ちいい……、動いてみて……」

おさとが言い、栄之助も様子を見ながら小刻みに動いてみた。

「痛くないか？」

「アア……、いいわ。もっと強く、奥まで……」

おさとも、次第に夢中になって喘ぎはじめた。

栄之助も勢いをつけて律動し、前の穴とは違った感触を楽しんだ。

何しろヌメリが充分だし、深々と押し入れるたびに豊満なお尻の丸みが下腹部に当たって弾み、何とも心地好いのだ。

さらに何と、おさとは肛門を犯されながらも、自ら股間に指を当ててオサネをこすり、もう片方の手では乳房を激しく揉みしだきはじめていた。

やがて高まり、栄之助は股間をぶつけるように激しく動きながら、たちまち快感の嵐に巻き込まれてしまった。

内部でドクドクと精を放つと、さらに動きがヌルヌルと滑らかになった。

「ああッ……、すごい……!」

おさとも気を遣ったように、狂おしく身悶えながら激しくオサネをこすり、肛門を締めつけてきた。同時に、秘所からはピュッと淫水をほとばしらせ、そのままグッタリとなった。

(女とは、どんな穴でも気を遣ることができるんだな……)

栄之助は、最後の一滴まで絞り出し、ようやく動きを止めて余韻に浸りながら思った。

そして二人とも、初めての体験ですっかり満足したのであった。

引き抜いても、さして汚れの付着もなかった。肛門も、太い一物が入っていたとも思えぬほど、もとの可憐なツボミに戻っていた。

おさとの家には贅沢な据え風呂があるので、栄之助はいつも情事の後に入れてもらい、この日は念入りに一物を洗い、最後に小水を放って内部まで流しておいた。

三

「榊どのですね。玄庵先生より伺っております。こちらへ」

姫の付き人である奥女中が栄之助を案内し、城内の中庭から、さらに建物の脇に半地下になっているような坂を降りた。

栄之助には、久々の登城だった。玄庵の言いつけで、いよいよ清姫《さやか》の健康管理の仕事を言い付かったのである。まだ日の出前の早朝で、彼女は手燭を用意していた。

やがて戸を開けて入ると、狭い部屋になっており、縁台が一つ据えてある。さらに奥は木の壁で、潜り戸があった。

その戸を開けると、中はさらに狭い半畳ほどの空間。そこに木の抽出《ひきだ》しがあった。

「この上が、姫様の雪隠《せっちん》となっております。姫様が用を足したあとは、すぐこの抽出しを抜いて洗い、紙を敷いて戻しておきます」

彼女が説明する。

なるほど、姫が用を足している間は、隣の縁台に腰掛けて待っているのだろう。外には、すぐに井戸端があって洗えるようになっている。もちろん洗う前に、姫が出したものをつぶさに調べ、健康に異常がないか確認するのである。

日頃は御厠番《おかわやばん》のものが清掃を行なうのだが、月に何度か、こうして医師が来て検査することになっているようだった。

狭くて蒸し暑いが、姫が用を足すたびに処理しているので、臭気が籠もっているようなことはない。言ってみれば、この世で最も清潔な厠である。

栄之助は、縁台のある狭い部屋に四六時中居る必要はない。外の井戸端で涼んでいれば、やがて廊下を渡ってくる姫と付き人の姿が見えるから、そうしたら待機すれば良いのだった。

間もなく、明け六つ(日の出の四半刻前)の鐘が鳴った。

「姫様もお目覚めでしょう。ご起床になって間もなく小用、そして朝餉《あさげ》の後に屎《まる》をなさいますのでよろしく。では、私はこれにて」

そう言って、奥女中は屋敷に引っ込んでいった。

栄之助は彼女から受け取った手燭を持って、念のためもう一度中に入っていった。

抽出しは、御樋箱《おひばこ》と呼ばれている。幅と高さは一尺ほどで、念のため引き出してみると奥行きは二尺ほどあり、中には真新しい紙が敷かれ、箱の内側は水が漏れぬよう漆《うるし》が塗られていた。毎回洗っているので汚れはなく、まるで四角く大きな、高級な重箱のようだった。

抜き取った抽出しの穴に顔を突っ込むと、御用場と呼ばれる姫の厠の様子を窺うことができた。

中は二畳で、中央にこの用便の穴がある。傍らには蚊遣りが焚《た》かれ、夜間用の金網つき行灯も据えられていた。四角い用便穴の正面には、やはり漆塗りの箱があって紙が備えられ、ふちの木枠も毎回拭き清められているので汚れはなかった。

（このような立派な厠で、用を足したいものだ……）

栄之助は思ったが、間もなく来るであろう姫を思うと激しく胸が高鳴った。

抽出しを戻したが、完全に押し込まなければ僅かな隙間が生じ、そこから姫の股間が見えるだろうと思った。

いや、抽出しなど取り払い、栄之助自身がそこに顔を突っ込んで仰向けになり、直接姫から大小便を口に受けることが出来たら、どんなに幸せだろう。それが忠義というなら、自分は誰よりも忠義な家来ということになると思った。

股間は痛いほど突っ張り、目のくらむような興奮が栄之助の全身を包み込んだ。

これは性欲などという生易しいものではなかった。ある種、忠義どころか裏切りにも近い禁断のときめきであった。

何しろ武士に生まれ、主君を護り主君のために死ぬことを教わってきたのである。

それなのに、一人娘である清姫の用便姿を思って今にも暴発しそうなほど高まってしまったのだ。

と、間もなく廊下に足音が聞こえてきた。

同時に御用場の障子が開けられる気配がし、すぐ間近なところで衣擦《きぬず》れの音がした。

栄之助は緊張し、抽出しの隙間に顔を押し付けた。

付き人は、御用場の隣にある控えの間で待機しているのだろう。もちろん上にいるのは清姫一人きりだった。

隙間から、白く丸いものが見えた。

それは姫の尻である。栄之助は思わずゴクリと生唾を飲んだ。

しかも抽出しに対し姫は正面でしゃがみ込んでいるから、彼の目の前に秘所があった。

内腿は、何とも透《す》けるように白かった。茂みは楚々《そそ》として柔らかそうで、僅かに開いた陰唇の間からは、微かに潤いを含んだ薄桃色の肉が覗いていた。

間もなく、その内部からチョロチョロと黄金色の小水がほとばしってきた。

水流は敷かれた紙の上に軽やかなせせらぎを立て、陰唇や内部の柔肉をさらに潤わせながら勢いを増した。

（な、舐めたい。浴びたい……！）

何という素晴らしい眺めであろう。栄之助は間近で見ながら目を凝らし、激しく股間を疼かせた。

桃色の花弁は、まだ誰にも触れられていないだろう。ポツンと覗くオサネの光沢も初々しく、割れ目の向こうに僅かに見えている菊座も細かな襞が揃って実に綺麗な形と色合いをしていた。

間もなく勢いが弱まり、朝一番の放尿が終わった。黄金色の尿に彩られたワレメからは、まだポタポタと雫が滴っていた。

姫は紙を取り、ビショビショになった割れ目をそっと拭って捨て、優雅な仕草で腰を上げていった。一歩下がって穴を跨いでいた両足が閉じられ、足袋を履いた脚も、間もなく豪奢な着物に覆い隠された。

姫はしずしずと障子を開けて御用場を出てゆき、付き人の待つ控えの間に備えられた盥《たらい》の水で手を洗う音が聞こえ、やがて足音が遠ざかっていった。

栄之助は震える手で抽出しを抜き取り、手燭の灯りにかざして中を見た。

大部分は内側に敷かれた紙に染み込んでいるが、それでも斜めにすると、隅に少量の尿が溜まった。

嗅いでみたが、匂いは実に淡い。それでも紙や箱に塗られた漆の匂いに混じり、ほんの微かに豆の煮汁に似た香りが鼻腔を撫でた。舐めてみると、やはり味はうっすらとしたもので何の抵抗もなく、心地好く喉を通過していった。

栄之助はたまに今も、嫌がる楓に言いつけて湯殿で尿を出してもらい、浴びたり飲んだりしているから、健康な女子の味や匂いは熟知しているつもりだった。しかも楓と清姫は同い年である。

そして清姫は雲の上の存在である。その究極の美女の秘められた部分に最も近づき、栄之助の興奮は最高潮に高まった。厠での排泄姿や出したものに関しては、今後彼女の夫となるものさえ知らずに過ごす部分なのである。

栄之助は、清姫は完全な健康体であろうと診断した。まあ、僅かでも病の兆候があれば手厚く看護するだろうから、こうして自分で厠まで歩いてこられる以上健康には違いなかった。

このまま紙に染み込んだ尿の匂いで手すさびしてしまいたかった。どうせここへは誰も来ないのだ。

しかし、まだ朝一番だ。今日一日、ここに詰めているからには体力を温存したい。それに次は、小用のみならず屎をするところまで間近に見られるのである。

屎ばかりは、いくら言いつけても楓は果たしてくれていない。だから栄之助にはいまだ神秘の事柄なのであった。

栄之助は半地下の控えの間から外に出て、濡れた紙を捨て、御樋箱を洗い流した。

丁寧に拭き清めて新たな紙を敷き、また抽出しを元に戻しておいた。

日が昇りはじめたので、待つ間栄之助は井戸端に座って画帖を出し、いま見た姫の秘所を思い出しながら筆を走らせた。楓のものに似ているが、やはり陰唇は小ぶりで、生娘の微妙な色合いが難しそうだった。もちろん絵の具までは持ってきていないから、彩色は帰ってからの楽しみである。

やがて朝餉が終わったか、朝一番の小用から一刻近く経ってから、渡り廊下に老女と姫の姿が見えた。

そのとき姫がチラリとこちらを見たので、栄之助は半地下の控えの前に入る前に中庭に平伏した。

すると姫が立ち止まり、声をかけてきた。

「玄庵の所のものか。名は」

「ははッ……」

栄之助は、美しい姫の顔を見上げ、すぐにまた頭を下げた。

「榊栄之助と申します」

「栄之助か」

姫はそれだけ言い、また優雅な足取りで御用場へと歩いていった。

恐る恐る顔を上げ、姫が見えなくなったのを確認し、栄之助はすぐ御用場の下へと入っていった。

(私は、あの姫様の尿の味も匂いも知っているのだ!)

栄之助は思い、それが限りない光栄で名誉なことに思えた。半地下の控えの間を抜け、奥の抽出しの前へと進んだ。もちろん僅かな隙間は開けてある。

座り込んで待機すると、間もなく姫が入ってきた。

衣擦れの音とともに裾が開かれると、白く滑らかな脚が現われ、四角い穴の左右に白足袋の足が置かれた。

そして姫がしゃがみ込むと、朝一番と同じように栄之助の正面に艶めかしくも神々しい秘所が迫った。

間もなく、僅かに開かれた割れ目の間からチョロチョロと尿が漏れてきたが、それはさっきほど量も勢いもなく、すぐに終わった。すると姫が微かに息を詰める気配がし、同時に軽やかな音響が漏れ、真下に覗く菊座が僅かに膨らんだ。

「……!」

いよいよだ、と栄之助は息を殺し、食い入るように隙間を見つめた。

菊座の襞が伸びきり、光沢を放つほど広がると、見る見る奥から太いものがひねり出されてきた。

何という荘厳な眺めであろう。

栄之助は、隙間から微かに洩れてくる秘めやかな芳香を感じ取りながら、一瞬も見逃すまいと目を凝らした。姫の可憐な蕾《つぼみ》からは、後から後から健康的な黄褐色のものが出ては箱の中にのたくり、菊座を引き締めると切れて落ちた。

するとまた蕾が広がり、新たな分が排出され、その間も摩擦されながら押し出されるような妙なる音響が控え目に聞こえていた。

それは実に、見ていて気持ち良いほどの量と切れの良さだった。

息むたびに白く滑らかな内腿が緊張し、出はじめると姫のほっとしたような吐息まで聞こえてきた。

蕾は何度か収縮を繰り返していたが、やがて出尽くしたか、姫が紙を取って前と後ろを丁寧に拭った。

しかし姫は紙を捨てても立ち上がらず、

「栄之助、そこに居るか」

いきなり声をかけてきたのである。

四

「はッ！　ここに控えておりまする……」

反射的に栄之助は抽出しの前に正座し、背筋を伸ばして答えていた。

「顔が見たい。箱を取り退けよ」

言われて、栄之助は恭《うやうや》しく御樋箱を引き抜き、香り高くずっしりと重いそれを自分の傍らへ置いた。

そして恐る恐る穴から見上げると、姫は秘所を出してしゃがみ込んだ姿勢のまま、上から栄之助を見下ろしてきた。幼い頃から着替えも入浴も排泄も人の手で行なわれてきたため、見られることへの抵抗はないのだろう。

姫の秘所も顔も、どちらも眩《まぶ》しいほどに神々しかった。しかも栄之助は厠の穴の下から、遥か上にいる姫の顔を仰いでいるのである。厠の上と下というのが、正に二人の距離を如実に表わしていた。

「なんと可愛ゆい……。まだ若いな」

「は……、十八になりましてございます」

栄之助は、一つ年下の姫に向かって平伏しながら答えた。

「訊《き》きたいことがある。たれも教えてくれぬし、訊くわけにもいかぬことじゃ。医者のお前なら答えられるだろう」

「何なりと」

別に医者ではないのだが、成り行き上栄之助はそう答えていた。

次の控えの間にいるはずの老女も、姫の御用が長いことを承知し、またこのところ健康にも問題はないから、縁側から庭掃除の女中などと談笑しており、こちらの会話は聞こえていないようだった。

「ここをいじると、濡れて来るのは何故《なぜ》か。小水とも違うようだが」

姫が、秘所のオサネあたりを指して言う。

「何かの病か。気持ちようなるので、床に入ってからは止められなくなるのだが、懐紙で拭うにも控えのものに見られぬようにするのが難儀じゃ」

「う……」

姫は説明しながらも、実際に濡れてくるところを見せようというのか、指の腹でクリクリとオサネを圧迫し、密かに息を弾ませはじめていた。

なるほど、朝から晩まで、しかも寝るときまで監視されている姫にとって、たった一人きりになれるのは、この場所だけなのだった。

実際、汁が多いようで、すぐにもはみ出した花びらが色づいて、内からヌラヌラと大量の蜜《みつ》が溢れてきた。

「別に、病ではありませぬ。大人の女子であれば、たれもいじれば濡れるもので、それは男との交合を易くするための液にございます」

栄之助は、目の前にある艶めかしい花びらを眺めながら答えた。

「交合は、どのようにしたら良いか……」

姫の頬はすっかり上気し、止めようにも指の動きが止まらず、微かにピチャクチャとヌメった音が聞こえてくるほどだった。

「それは、お輿《こし》入れのときまで、どうか我慢なさいますよう」

「ならば、せめてこの火照りを鎮めてくれ。自分でするのは疲れる」

姫が股間から指を離した。その指はヌルヌルと妖しく濡れ、ワレメからは大量の淫水がトロトロと糸を引いて滴ってきた。

「では、指を洗ってくる暇も惜しゅうございますし、お触りするのも畏れ多いので、口にてお慰めいたします」

栄之助もすっかり舞い上がり、人に知れたら切腹ものの大事にも拘《かか》わらず、憧れの姫に触れられる歓びに突き動かされ、さらに顔を差し入れていった。

抽出しを外せば、それを支える木が左右にあるだけだから、さして障害にはならなかった。

栄之助は厠の穴から首だけ出すように伸び上がり、姫の白い内腿の間に顔を迫らせた。

姫も、股間を大きく開いたまま、じっと息を詰めていた。

舌を伸ばし、溢れる蜜をすすりながら花びらをペロリと舐めると、

「あう……」

姫が小さく声を洩らし、ビクッと下腹を波打たせた。

栄之助は楚々とした茂みに鼻を埋め、続けざまに舐めながらオサネを探った。何という良い匂いだろう。それに花びらは柔らかく、粘つく淫水も滑らかで、何とも舌に優しい感じがした。

「あん……、もっと、もっと舐めてたも……」

姫が息を弾ませて言った。そしてクネクネと身悶えるうち、とてもしゃがみ込んでいられなくなり、後ろに両手を突いて股間を突き出す格好になった。

栄之助も、さらに坊主頭を伸び上がらせて必死に舐めた。オサネを舐め回し、割れ目に溜まって溢れる熱い淫水をすすり、さらに排泄を終えて拭ったばかりの菊座にも舌を這わ

せた。

薄桃色の菊座に鼻を押し当てると、うっすらと生々しい香りが残り、栄之助は激しく興奮した。

ただの相手ではない。雲の上の姫様なのだ。栄之助は舌の根が疲れるのも構わず、姫の前と後ろの匂いを貪《むさぼ》り、充分に菊座を舐め清めてから再びオサネに舌先を集中させた。

傍目には、厠から出現した坊主頭の妖怪が、姫様の秘所を舐め回しているように見えただろう。

「ああッ……！　宙に舞うような……」

姫が口走り、内腿を小刻みにヒクヒクと痙攣《けいれん》させた。

どうやら快感の波が断続的に押し寄せ、何度か気を遣っているようだった。

そして絶頂を超えると、それ以上の刺激を避けるように姫は後ずさり、しばし畳に顔を伏せてハアハアと荒い呼吸を繰り返していた。その整った横顔、長い睫毛《まつげ》とスラリとした鼻筋の美しさ。愛らしい口からは白い歯がこぼれ、ほんのり上気した頬は、まるで新鮮な水蜜桃のようだった。

「姫様、お長いようですが大丈夫でございますか」

ようやく老女が、なかなか出てこない姫を心配し、障子の向こうから声をかけてきた。

「大事ない。控えておれ……」

姫はハッと顔を上げ、平静を装って答えた。

そしてノロノロと身を起こし、濡れた股間をもう一度拭ってから立ち上がり、身繕《みづくろ》いした。そのままチラと穴の中にいる栄之助に熱っぽい視線を落としてから、やがてしずしずと御用場を出ていった。

残った栄之助は、大量の淫水を拭った紙を回収し、半地下の控えの間に戻った。

もう一物は、我慢できないほど張り切っていた。

鼻にも口にも、まだ姫の悩ましい味と匂いが残っている。しかも御樋箱の中には、初めて体験する貴重なものが入っているのだ。

栄之助は恐る恐る箱を見た。拭いた紙を取り去ると、中には黄金色のものが盛り上がっている。尿の大部分は下に敷かれた紙に染み込み、それぞれが溶けて混じり合うこともなく、黄金の形状は菊座の内径が造り上げた芸術品のままだった。

顔を寄せると、こんなにも多い量なのに、実に匂いは控え目で、ほんのりと心地好く鼻腔を刺激してきた。

まずは仕事しなければいけない。

指で押し、虫でもいないか調べるのだが、まずいないだろうと玄庵も保証していたので、全ては形ばかりのものだった。

形は指で簡単に崩れ、新たな匂いが洩れてきた。

もちろん美しい姫様のものだから、不快でもないし嫌悪感も湧かなかった。

やがて栄之助は姫の面影を思い浮かべつつ、片手で一物をしごきはじめた。

そして姫の出したものを嗅いだり舐めたりしながら、とうとう溶けてしまいそうな快感に包まれ、強《したた》かに射精してしまった……。

五

「栄之助、次はいつ来るのか」

厠の上から、清姫が囁いた。

もう今日は何度となく御用場に来て、ろくに小用も足さないのに姫は栄之助に秘所を舐めさせていたのだった。

姫のお付きの老女も、

「ほんに、今日は近うございますな。水物を多く取られたので、お腹がゆるいのではありませぬか?」

と心配するほどであった。

しかし暮れ六つ（日没の四半刻後）の鐘が鳴り、そろそろ栄之助の今日の仕事も終わろうとしていた。昼は楓が作ってくれた弁当を、この御用場の半地下で食べ、姫が来ない間は絵を描いて過ごしていたが、さすがに彼も疲れていた。

姫と相まみえるのも、これが最後になろう。

「は、おそらく次の御役目は半月ばかり先になるかと」

「そうか。名残惜《なごりお》しいのう。わらわが病に臥《ふ》せば、栄之助が来てくれるか」

「滅相《めっそう》も……、どうかお健《すこ》やかにお過ごし下さいますように」

たとえ仮病にしろ、一国の姫が床に伏すというのはあまりにも大きな問題である。

「わかった。お前が来るのを待つとしよう。では、もう一度だけ舐めてたも……」

姫は裾をからげ、栄之助の方に股間を突き出してきた。

「お願いがございます」

「なんじゃ」

「私が口を付けている間に、お尿《しし》を下さいませ」

「よいのか……」

姫が言うと、栄之助は割れ目に口を付けた。そして例によって陰戸の穴から菊座まで丁寧に舐め回してから、舌先をオサネに集中させていった。

「あ……」

姫が声を洩らし、さらに喘ごうとするのを袂《たもと》を噛んで必死に堪えた。

すでに淫水はしとどに溢れ、栄之助は何度も舌で拭うように舐め取りながらオサネを刺激し続けた。

「アア……、も、もう……」

姫はヒクヒクと痙攣し、何度か気を遣りはじめたようだ。

そして幾度めかの波とともに、とうとう尿口がゆるんで、チョロチョロと尿を漏らしはじめた。

栄之助は直接口に受け、嬉々として飲み込んだ。

心地好い温《ぬく》もりと、ほんのりした味と香りが全身に染み渡っていくようだ。極上の美酒に酔いしれ、栄之助は不敬とは思いつつ、必死に舐めながら自らをしごいてしまった。そして最後の一滴まで飲み干し、なおも膨らみを持つ割れ目の間に舌を差し入れながら、とうとう射精してしまった。

これほどの禁断の快感はないだろう。

姫に触れながら、厠の下とはいえ精を放ってしまったのだ。

栄之助は最後まで絞り出し、ようやく舌の動きを止めた。姫も、すっかりグッタリとなって厠の穴の脇に座り込み、荒い呼吸を繰り返していた。

「栄之助……、お前を、抱きたい……」

姫が、厠の穴を覗き込み、今にも潜り込んできそうな仕草で言った。

「な、なりません……、このような不浄なところへお顔を入れるなど……」

栄之助は、余韻に浸る間もなく、諫《いさ》めるように姫を見上げた。

「もっと、顔を見せてたも……」

言われて、栄之助も顔を伸び上がらせた。姫も、近々と顔を寄せてくる。手燭の灯りにぼうっと浮かぶ、そのかんばせの美しいこと。しかも愛らしい口から洩れる息が、甘くかぐわしく栄之助の鼻腔を撫でた。

「この口で、この舌で、わらわを極楽へ誘ってくれたのか……」

姫は熱い息で囁き、チロリと赤い舌を出して栄之助の口を舐めた。僅かに舌と舌が触れ合い、栄之助の全身には雷に打たれたような感激が走った。

それにしても、厠の穴を挟んでの口吸いは、何と奇妙で、しかも情緒溢れるものであったろう。この穴の上と下が、そのまま姫と栄之助の身分を表わしているのだった。

「姫様、大丈夫でございますか」

控えの間から、老女が声をかけてきた。

「ええい、大事ない。急《せ》かすな！」

姫が顔を上げ、癇癪《かんしゃく》を起こしたように答えた。

そしてもう一度、姫は栄之助を見下ろして、そっと彼の頬に触れてから身繕いし、御用場を出ていった。

栄之助は、姫の残り香を味わい、僅かにこぼして濡らしてしまった厠の縁を拭き清めてから、新たな紙を敷いた抽出しを入れ、やがて姫以上に名残惜しいまま半地下の控えの間から出ていった。

秘所を舐めるだけでなく、口吸いまでしてくれたのだ。栄之助にとって、これほどの感激はなかった。飲み干した尿の心地好さもさることながら、唇にはいつまでも姫の柔らかな感触が残った。

雲を踏むような心地で下城し、屋敷に戻った栄之助は玄庵に報告した。

もちろん姫に舌で奉仕したなど、口が裂けても言えなかった。いかに色の道に理解のある玄庵といえど、主君や姫に関しては栄之助の何倍もの年月を仕えているだけに言ってはならないことだった。言えば破門どころか、彼の生きている証しの根本すら揺らぐ大事になってしまうだろう。

だから報告は単に姫の屎尿を調べ、特に目立った異常はないことを言っただけだった。

「ご苦労。ときに頼みたいことがあるのだが」

玄庵が、酒をすすめながら言った。

「はい、何なりと」

「江戸へ、行ってもらいたいのだ」

「は、江戸、ですか」

「新三郎から手紙が届いてな、帰郷がしばし延びるので金子《きんす》を届けてやりたいのだ。ついでに少しのあいだ江戸の風物でも見て廻り、艶学に関する見聞を広めて参れ」

言われて、栄之助は目を輝かせた。

江戸へは、前から何かの機会に行きたいと思っていたのだ。まあ話に聞く吉原《よしわら》などは無理としても、本場の春画も見てみたいし、人口の多い町なら通常の色事以外の、一見他人には理解し難《がた》い戯《たわ》けた事件などの記録も多いことだろう。

この東海道にある小藩からなら、まっすぐに街道を上って藤沢《ふじさわ》か戸塚《とつか》の宿で一泊すれば翌日には江戸に着いてしまう距離だ。しかし今までの栄之助にとっては、近くて遠い憧《あこが》れの地だった。

「わかりました。お城の御用も済みましたので、明日にでも」

「おお、早い方が良い。楓を供につけるゆえ、早速に支度をさせよう」

玄庵は頷き、息子へ渡す手紙と金子を栄之助に渡した。玄庵は手際よく、すでに城主の墨付きも貰っていた。

江戸と箱根の間なら手形も要らず、町人は物見遊山で自由に行き来して、街道筋には宿や茶店も多く、まず気楽な旅になりそうだった。

やがて夕餉まで馳走になった栄之助は離れへと戻り、楓と一緒に出立の準備をした。

そして翌朝、暗いうちに栄之助と楓は玄庵に見送られて、生まれて初めて領地の外へと出た。

「江戸は、どんなだろうな」

「ええ。私も何やら胸が躍ります」

楓は、足の遅い栄之助に合わせ、ゆっくり歩いてくれた。日が昇ると急に暑くなり、栄之助たちは昼過ぎにようやく平塚《ひらつか》宿の馬入《ばにゅう》川に着き、そこで弁当を広げて水浴びをした。

と、そこへ、

「おれも道連れにしてくれぬか」

フラリと長身の浪人ものが現われて言った。

「お前は！」

楓が身構え、栄之助も何事かと河原へ上がってきた。

前に、玄庵に襲いかかり、楓に手酷くやられた浪人だった。今日も彼は暗い目をし、乱れた前髪を風になびかせていた。よく見れば、年はまだ二十前後だろう。

「平田深喜《ひらたみき》と申す」

浪人、平田が神妙に頭を下げた。どうやら遺恨《いこん》を晴らしに来たわけではないらしい。

「剣術だけが自慢であったが、やはり田舎《いなか》では駄目だ。そなたに苦もなくあしらわれるぐらいだからな。江戸で一から修行し直したい」

平田が右手を差し出した。楓に折られた小指と薬指は、まだ紫色の腫《は》れが残り癒《い》えていなかった。

「旅なら、勝手に行けばよかろう」

楓は、まだ警戒を解いていなかった。

「いや、同行願いたい。何かの役に立つだろう。それにおれは、そなたに惚《ほ》れた」

平田が言うと、楓は毒気を抜かれたように呆然《ほうぜん》とした。

「まあいいだろう。どうせ同じ方角だ」

栄之助は着物を着ながら言った。もう平田に害意があるようには見えないし、楓に負けて惚れるなら、自分と同類かもしれぬ、と思ったのだ。

「栄之助様がそうおっしゃるなら」

楓も、不承不承頷いた。

そして三人は渡し船で川を渡り、旅を続けた。

平田は代々浪人の家で、母親はおらず、寺子屋の師匠をしていた父親も先年流行《はや》り病で死んだ。しばらくは剣術道場の食客として暮らしていたが、町医者に頼まれて玄庵を襲い、以後は悶々と自分の行く末を思案していたらしい。

やがて三人は藤沢の宿を越え、予定どおり日暮には戸塚の宿に一泊した。

もちろん平田は別の部屋だから、栄之助は心置きなく楓を抱くことができた。

そして翌朝早くに発ち、まだ充分陽のあるうちに一行は江戸小石川へと到着したのだった。

第四章　珍説弓張茎《ちんせつゆみはりぐき》

一

「これは遠路ようこそ。結城玄庵の一子、新三郎です」

栄之助と楓が訪ねると、すぐに新三郎が部屋へ通してくれた。彼は小石川の薬園の近くにある、医師の屋敷の離れに寄宿していた。

「榊栄之助です。こちらは供の楓」

栄之助は辞儀をし、玄庵から預かっていた手紙と金子を差し出した。

（ははあ、先生が言っていた通りの堅物そうな……）

二十代半《なか》ば過ぎだろう。新三郎は母親似らしく、あまり冗談も通じそうにない畏《かしこ》まった顔つきをしていた。

それでも見習いらしい少年に言いつけ、栄之助と楓の宿の手配などしてくれた。

「今夜はゆっくりお休みになり、明日は江戸見物でもなさるとよろしい。案内《あない》に、さっきの譲《ゆずる》をつけましょう」

　譲とは、宿の手配に行った十四、五の少年だろう。

　栄之助は礼を言い、やがて楓と一緒に本郷《ほんごう》の旅籠《はたご》に泊まった。平田深喜とは江戸に入ってすぐ別れたが、彼も今頃はどこかの有名道場を訪問していることだろう。

「長旅お疲れでしょう」

「ああ。歩いている間は大したことなかったが、さすがに江戸に入ってからは、多くの人に驚いて気疲れしてしまったようだ」

　風呂から上がって夕食を終え、二人は二階の窓から外を眺めながら話した。もう、とうに日が没しているというのに、往来には人の行き来が絶えず賑《にぎ》やかで、町々の灯《あか》りも見ていて飽きないほど美しく華やかだった。

　やがて布団に仰向けになると、楓が栄之助の脚を揉《も》んでくれた。

　さて、今夜はどのように楓を抱いて悦ばせようか、そんなことを考えているうち、栄之助はすっかり心地好くて、いつのまにか眠ってしまった……。

　——翌朝、譲が迎えに来た。

「先生、どちらをご覧になりたいですか？」

「うん。まず本屋だ」

言うと、譲は日本橋へ案内してくれ、栄之助は何軒か軒を並べる本屋を見て回った。

本屋には、医書、儒書など学問的な書物を専門に出版して売る書物問屋と、絵草紙《えぞうし》や浮世絵などを売る娯楽的な地本問屋に分かれていた。

本屋の並んでいる場所を確認すると、楓は一人で土産物《みやげ》屋の方を見に行った。

栄之助は、当代一流の絵師たちの美人画などを見てまわり、やがて数々の春画も見せてもらった。

どれも興奮をそそられるが、やはり誇張が多く、陰影をつけた写実画とは違ったものばかりだった。

「お、これはすごい……」

栄之助は、一人の美女が大蛸《だこ》と小蛸に犯されている絵を見て唸《うな》った。

「いいでしょう。葛飾北斎《かつしかほくさい》先生の『喜能會之故真通《きのえのこまつ》』です」

店主が言った。しかし栄之助は買わず、見るだけで絵を戻した。

そして、あらかた見終って店を出ると、栄之助は譲に訊ねた。

「ここらに、話好きで物知りで、助兵衛なことが大好きな人はいないかな」

「さあ……、養生所にも、そのような方は……」

譲は困ったように答えた。

そのとき、栄之助に声をかけてきたものがいた。

「わしなら知っておるぞ」

見れば、六十を少し出たぐらいの男だ。着ているものは藍染めの木綿《もめん》で粗末《そまつ》だが、なかなか背の高い立派な身体つきをしている。面長で頭は禿げ、鼻筋は通っているが、眼光に怪しげな力が感じられた。

「ほう、ご紹介いただけますか」

「このわしがそうだ。何でも話してあげる。そこらで鰻《うなぎ》でも馳走してくれるか」

「い、行きましょう……」

譲が栄之助の袖を引っ張ったが、彼は男に興味を覚え、近くの料理茶屋に入った。

しかし譲は入らなかった。どうせしばらくは栄之助が店から出てこないと思い、今度は楓のいる方を見に行ったようだった。

「私は榊栄之助です。江戸へは昨日来て、少し滞在します。医師について、腑分けの絵などを描いておりますが、それ以外に心の医学のため、多くの男の変わった女色癖について調べています」

「ほほう、面白そうだな」

男は、運ばれてきた鰻飯を食いはじめた。

「お名前を伺ってよろしいですか？」

「紫色鴈高《しきがんこう》」

「どのような字です？」

「紫色のカリ高よ」

「ははあ……」

それは、男根の最も立派といわれる道具のことで、実に人を食った名だ。

「画帖を持っているな。拝見したい」

彼、鴈高はめざとく栄之助の懐中にある画帖を見て言った。栄之助も、すぐに取り出して見せた。中には、美人画や陰部の写生が数多く納められていた。

「ふむ。うまい。浮世絵とは異なり、陰影と遠近を描いた蘭画に近い。以前、源内《げんない》という男が教えた、小田野直武《おだのなおたけ》という男の絵に似ておる」

「それは、どういう方ですか？」

「解体新書の腑分け図を描いた男だ」

「な、何と……、私と同じ道を歩んでいた方が……。今どちらに居られますか」

「秋田藩だが、若くして死んだとの話だ」

「そうですか……」

「時に、男の好色の癖《へき》とな」

鴈高は、鰻飯を食い終わり、大福餅を注文しながら言った。酒はやらず、甘党のようだった。

「湯屋、厠覗きや腰巻泥棒はうちの長屋にも多くおる。だがそれらは、嫁をもらえば治る程度の悪戯《いたずら》心だ。癖というほどのことはない」

「はい」

「おぬしが聞きたいのは、もっと心の深い部分に根ざした思いのことであろう」

言いながら鴈高は、持っていた風呂敷包みを解き、中から数枚の絵を差し出してきた。買ってきたばかりらしい春画で、豊満な女主人が若い丁稚に悪戯する絵、養母が少年に手を出している絵など、年上の淫らな女が無垢《むく》な少年を誘惑する題材が多かった。

どれも、女の姿が大きく神々しいほどに描かれていた。

あるいは女が、男根にじゃれ、弄んでいる絵も多い。

中に一枚、さっき栄之助が見た大蛸小蛸が美女を犯す絵も混じっていた。しかし他の絵と一緒に見てみると、何やら犯されているというより、女が蛸を使って自分を慰めているふうにさえ見えてきてしまった。

「これは、全て北斎の絵……」

「そうだ。人はみな女から生まれる。女は豊かで美しくなければならん。女が無垢な男を弄び、好き勝手な仕打ちをするのが、わしは最も心に響く。わしは幼い頃養子に出されたが、大きく美しい養母はわしに何もしてくれんかった」

その願望が根強く残り、こうした題材の春画ばかり買ってしまうのだろう。

「ときに女の腹を裂くような無惨絵が売れるのも、あれは女を虐《いじ》めたいからではなく、自分の心を惑わす女のからくりを覗き見たい、あるいはその中に入ってみたい、という願望に他ならないだろう」

「はあ、私も腑分けに立ち会ったとき、そのように思いました」

「そうそう、そうした気持ちの解る奴が、確かまだいるはずだ」

鴈高は言い、茶を飲み干して立ち上がった。

栄之助は金を払い、彼と一緒に茶屋を出た。すると鴈高は、さっきまで栄之助が立ち読みしていた本屋へと入っていったのだ。

「英泉《えいせん》、まだいるかね？」

「はい。奥へどうぞ」

店のものに言われ、鴈高に手招きされて栄之助も上がり込んでいった。どうも鴈高は、店のものと親しいようだ。

すると奥の座敷で、一人出来上がったばかりの本を見ている男がいた。三十を少し出たぐらいで、雁高を見るとすぐに居住まいを正して頭を下げた。

「ああ、これが渓斎《けいさい》英泉、またの名を淫乱斎白水《いんらんさいはくすい》という絵師だ」

雁高が紹介すると、栄之助も端座して挨拶した。

「榊栄之助です。絵は我流ですが、医書の挿絵を描いております」

「ほう、それは羨《うらや》ましい」

英泉が身を乗り出してきた。

「うむ、なかなか良い出来だな」

雁高は、英泉が出したばかりらしい絵草紙を手に取って言った。題名は『枕文庫』で、栄之助も見てみると、多くの陰茎や女陰が描かれ、それぞれ上品《じようぼん》、中品《ちゆうぼん》、下品《げぼん》などと解説してあった。さらに陰茎を挿入した女陰を内側から描いたり、孕《はら》んでいる女の腹内の解剖図なども描かれていた。

実際に腑分けを見ている栄之助からすれば、それらの臓器は想像に過ぎぬものと分かるのだが、なかなかの労作である。

「よし、英泉。お前にわしの雅号をやろう。これからは紫色雁高と名乗るがよい」

「本当ですか。有難うございます。北斎先生！」

英泉が、深々と辞儀をした。

(ほ、北斎……!)

栄之助は目を丸くし、雁高の顔をまじまじと見た。

二

「そうですか。腑分けをご覧になったのですか。しかも美しい女の」

英泉は、心から羨ましそうに言い、そのときの様子を根掘り葉掘り栄之助に訊《き》いた。

栄之助と英泉は、すっかり意気投合し、雁高こと葛飾北斎が帰ってからも、二人で茶屋に入って酒を飲み、あれこれと話に興じていた。

英泉も元は武士で、狂言作者ののち絵師を目指したが、歌麿《うたまろ》のような形式的な美人画に疑問を持ち、それで破天荒な画風の北斎と付き合うようになったようだ。

なるほど、それで英泉の描く女性は、眼差しも唇も、凄いほどの色気に満ち溢れているのだろう。

「解体新書の挿絵は見たのですが、どうにも私の求める部分はありませんでした。やはり女のものでなければ、見る気がしないのです」

「そうでしょう。私も、女でなければとても腑分けの絵など描きませんでした」

「してみると、かなり間違いもありそうですね」

英泉は、自分の『枕文庫』を開いて不安気に言った。

「やはり、孕んでいる最中の交接により、男根で赤ん坊が尻を突つかれて青痣ができるというのは疑問ですね。それと、男の放った精を赤ん坊が飲み、癲癇《てんかん》や胎毒《たいどく》の原因となるのも、おそらく俗説かと」

栄之助も、忌憚《きたん》のない意見を述べた。

やがて酒の回った二人は、絵の話から様々な好色癖の話へ移った。

「好きな女の身体から出るものを、口で受けられない道理がありますか」

「その通り！　どんなものでも舐めたり飲んだりできなきゃいけない」

「本手より、茶臼に限りますな」

「ええ。女を抱くうちは初手。抱かれるようにならねば」

本手は、男が上になる正常位。茶臼は女上位の体位である。

そして話し込むうち日が暮れ、楓と譲が迎えに来た。

「では、これにて」

「おお、江戸滞在中に一度、新橋の方へも遊びに来て下さい」

二人は別れ、楓と一緒に本郷の宿へと戻っていった。

「もうお知り合いができたのですか？」

「ああ。さすがに本場の絵師たちは考え方も違う。国許《くにもと》では、玄庵先生は別として、とてもあんな話を語り合える友には巡り合えなかった」

栄之助は、英泉に一冊貰った『枕文庫』を開き、楓にも見せてやった。

「まあ可愛い。これは腹中の赤子ですね」

楓は、蓮の葉のような胎盤を頭にかぶり、口に栄養の管をくわえている胎児の絵を眺めて言った。

「でも、赤子は膜に包まれているはずですから、このように下から殿方のものでお尻を突つかれたり、精汁を飲み込んだりすることはできないはずです。それに赤子は頭から出るので、腹中では逆さになっているでしょう」

「ああ、彼も間違いを気にしていた。しかし、何とか女の腑分けは行なったが、懐妊中の女子の腹を裂くわけにもいかんしな」

「でもこれ、何となく分かります」

楓が、別の絵を指して言った。それは挿入された男根の先端が、女性の内部で子壺の入口を突ついている解剖図だ。

「殿方の先っぽが、子壺の入口に触れる時が、とても気持ち良いのです」

楓は、ほんのり頰を染め、欲情に目を輝かせて言った。どうやら枕絵を見て興奮するのは、男ばかりではないようだ。

栄之助も、すっかりその気になってしまい、もう話は打ち切って楓を抱き寄せた。

「あん……」

楓も、小さく声を洩らしたが、すぐに応じておとなしく布団に仰向けに押し倒された。

栄之助は、果実臭のする楓の口を舐め、帯を解いて乳房を探った。充分に舌を吸い合ってから這い下り、乳首を含むと、湯上がりの香りに混じってほんのりと楓本来の甘ったるい汗の匂いが揺らめいてきた。

栄之助は、さらに彼女の股間へと潜り込みながら、自分も帯を解き下帯も外して怒張を露わにした。

楓の花びらは、もうすっかり熱い蜜を宿してヌメヌメと潤い、栄之助がひと舐めするごとに新たなヌメリを湧き出させた。

奥まで舐め回し、オサネにも吸いつき、例によって両脚を浮かせてお尻の穴まで充分に味わった。楓も、これだけは不浄な部分として苦手だったようだが、最近はすっかり馴れて、湯上がりのときは素直に舐めさせてくれるようになっていた。

「わ、私にも……」

激しく身悶え、喘ぎながら楓がせがんできた。

栄之助は、彼女の股間に顔を埋めたまま身を反転させ、上から彼女の顔を跨《また》いだ。

すぐに楓が、下からチュッと先端に吸いついてきた。栄之助は快感に身悶え、楓の口の中で温かく清らかな唾液にまみれてヒクヒク震わせながら、なおもオサネを舐め回した。

「ンンッ……！」

敏感な部分を舐められるたび、楓も反射的に強く栄之助自身を吸い、熱い鼻息で揺れるふぐりをくすぐってきた。さらに彼女は伸び上がり、ふぐりをしゃぶって二つの玉を吸い、肛門にまでチロチロと舌を這わせてきた。

もう我慢できない。ようやく栄之助は彼女から身を離し、向き直って本手で挿入していった。

ヌルヌルッと一気に押し込むと、

「アア……、栄之助さま……」

楓が下からシッカリと両手を回してしがみつき、心地好くキュッと締めつけてきた。

栄之助は、ジックリと温もりと感触を味わってから、やがて小刻みに腰を前後させせはじめた。

溢れる蜜汁がクチュクチュと鳴り、栄之助は浅く動き、何度かに一度はズブッと深く押し込んだ。

「ああッ！　当たっています……。そこ、もっと強く……」

楓が声を上ずらせ、顔をのけぞらせながら口走った。

なるほど、強く深々と潜り込ませると、先端の鈴口が、子壺の入口にやんわりと包み込まれるような感覚があった。栄之助の脳裏に、英泉の描いた図が浮かんだ。

「き、気持ちいいッ……！」

楓は、次第に夢中になって喘ぎ、下から股間を突き上げて何度か気をやった。

栄之助は、いったん動きを止め、ゆっくりと引き抜いた。そして上下入れ代わり、楓を押し上げながら自分が仰向けになった。

やはり最後は、さっき英泉と話し合ったとおり茶臼に限る。その方が股間に女の体重を受け止め、組み伏せられている感覚が得られるし、何より揺れる乳房やのけぞる彼女の表情などの眺めが良いのだ。

楓も、快感に息も絶えだえになりながら懸命に上になって、栄之助の好きな体位を取ってくれた。

あらためて下からヌルヌルッと挿入し、楓も深々と柔肉に受け入れて彼の股間に座り込んだ。楓が上から体重をかけるから、さらに結合度が増した気がした。

栄之助は手を伸ばして楓の乳房を揉み、彼女も栄之助の胸に手を突いて上体を支えながら、ズンズンと股間を動かした。

「ああん、もう駄目……」

楓が身を起こしていられなくなり、上から重なってきた。

栄之助は楓の唇を求め、唾液を垂らしてもらった。これも、飲むと元気が与えられるので栄之助が好み、楓も次第に抵抗なく与えてくれるようになった。

しかし、

「顔にも吐きかけてくれ」

と栄之助が言うと、さすがに楓は尻込みしてしまう。

「でも……」

「いいから、顔じゅう楓の唾にまみれたいのだ」

栄之助が股間を突き上げながらせがむと、ようやく楓も可愛い口をすぼめて少量の唾液を、甘酸っぱい息とともに吐き出した。

「もっと多く……」

栄之助は次第に快感を高まらせながら言い、激しく動いた。楓も奥まで突かれながら、大量の愛液を漏らして悶え、自身の高まりに合わせて強く吐きかけた。

たちまち栄之助は、大きな快感の津波に巻き込まれ、ガクガクと全身を震わせて射精した。

「アァッ……！」

楓も、その噴出を感じ取って喘ぎ、全身をクネクネさせて昇りつめた。

やがて栄之助が出しきって動きを止めると、楓もグッタリと身を重ねてきた。

乱れた髪が甘く匂う。

今日、楓は土産物屋を見てまわっただけで、何も自分のものは買わなかったようだ。明日、簪《かんざし》でも買ってやろうと栄之助は、うっとりとした余韻の中で思った。

三

「ははあ、実に立派な施設ですね」

栄之助は、小石川の養生所を見学しながら言った。

今日は楓は同行させず、好きなものを買ってやるから選んでおけと先に町へ出してきた。

「では、私はこれで。あとは譲に案内させますので」

養生所まで一緒に来た新三郎は、すぐ自分の仕事へと戻っていった。彼はここで、間借りしている幕府の寄合医師とともに、貧しい人たちに対する治療に従事することに生きがいを感じているようだ。もっとも、ここにいれば様々な病の治療法の勉強にもなり、それで彼の帰郷が遅れているのだった。

「頑張《がんば》っているよなあ。とても玄庵先生の御子息とは思えない。私だったら、とても汚い老人や男になど触れたくもないのだが」

「だって、分け隔てなく治療するのが医師の仕事じゃないですか」

譲が呆れたように言う。

「私だったら、女だけを相手にしていたいなあ」

なおも栄之助が呟《つぶや》くように言うと、急に譲が声をひそめて囁いてきた。

「あの、お願いがあります。それほど女性がお好きなら、私の代わりに……」

「なんだ？」

「こっちです」

譲が先に立ち、栄之助はあとについていった。

彼は、養生所の別棟にある建物に入っていった。ここは養生所に勤務する女性たちの宿舎で、病人の賄《まかな》いや洗濯などを行なっているところだった。

「あのう、美也《みや》さんいますか。譲です」

彼が奥に声をかけると、すぐに一人の女性が出てきた。

「やあ、高野《たかの》くん」

彼女は、譲を姓で呼んだ。スラリとした長身の、見るからに武家の女だ。それが縫腋《ほうえき》を着て、いかにも女医者といった風情《ふぜい》だった。二十歳《はたち》前後か、まだ独《ひと》り者だろう。切れ長の目はきりりとしているが、笑みを浮かべる口元から白い歯が覗いていた。

「ようやく決心がついたのですね。では、急いで皆を集めます」

美也が言うと、

「い、いえ。私の代わりに、この方が……」

譲は後ずさりして、栄之助を前に出した。

「あなたは」

「はあ、榊栄之助といいます。結城新三郎さんの御尊父が私の師になり、その使いで江戸に滞在しておりますが……、いったい何のお話やら」

栄之助は要領を得ぬまま言ったが、美也はにっこりと笑って頷いた。

「いいでしょう。高野くんより年上なら、度胸も据わっておりましょう。ではこちらへ」

美也が言い、栄之助に上がるよう言って奥へ下がっていった。

「な、何をすればいいんだ……？」

「行けば分かります。では恩に着ます。私はこれで」

譲は、そのまま足早に立ち去っていってしまった。栄之助は仕方なく上がり込み、美也を探して奥へ入っていった。

「こちらです。間もなく皆集まってきます」

奥座敷に呼ばれ、美也が言った。

実際、すぐに若い女性たちが何人も部屋に入ってきて無遠慮に栄之助の顔を見つめた。

みな、養生所で手伝いをしている商家の娘などで、特に十四、五歳の新入りばかりが十人近く集められたようだった。

「さあ、そこを閉めて。暑いけれど、少しの辛抱ですからね」

美也が言うと、少女たちは襖《ふすま》や縁側の障子などを全て閉め切った。

たちまち狭い室内に、少女たちの甘ったるい匂いが籠もりはじめた。これは汗の匂いや髪の香油、吐息から体臭までが入り混じった芳香だった。

「わ、私は何を……」

栄之助が恐る恐る訊くと、美也は説明した。

「この娘たちは、これから多くの病人たちを看なければなりません。それには、まず殿方の身体の仕組みを知らなければならず、一物の形や大きくなる様子、精を放つところまで学ばせようと思うのです。それを知らずに扱うと、驚いて仕事になりませんから」

「……！」

栄之助は、十人近い処女の群れが、じっと自分を見つめているのをあらためて感じた。

向学心と使命感、そして何より好奇心により目がキラキラと輝いていた。大勢だし、また義務と心得ているから、とりあえず羞恥心や抵抗感は胸の奥へと引っ込めたようだった。

「精を放つところまで見せるのですから、お忙しい先生方ではいけませんし、威厳にも関わります。その点、高野譲くんが手頃でしたけれど、あの子は恥ずかしがって言うことをききません。それに年が若すぎるのを懸念していたおり、貴方様にお越し頂いて、とても助かりました。間もなくお国許へ帰る方であれば、以後この娘たちと顔を合わせることもなく、気まずい思いもしなくて済みましょう。それに高野くん以上に、成熟して逞《たくま》しそうですわ」

美也が言うと、少女たちも身を乗り出し、早くも栄之助の衣服を透視するかのように強い視線を向けてきた。

「さあ、では脱いで下さいませ。全部」

「ぜ、全部ですか……？」

「ええ。もう、ここには絶対誰も参りません。どうか、この子たちが今後多くの人たちを看護するための勉強として、お願い致します」

美也自身が、まだ男を知らぬように頬を紅潮させ、羞恥と好奇心の入り混じった熱っぽい眼差しを栄之助に向けていた。

栄之助は、最初は驚いたものの、ここまできたら覚悟が決まった。そして内心、譲に感謝し、こんなに良い役をやりたがらないなんて、譲はなんて子供なんだろうと思った。

そして大勢の生娘たちに見守られながら、栄之助は袴《はかま》の紐《ひも》を解きはじめた。

女の匂いに早くも一物はムクムクと屹立しはじめていたが、今の彼は数々の女性体験ですっかり図々しくなり、ためらうことよりも何でも快感に結び付けることができるようになっていた。

むしろ生娘たち全員の方が緊張し、それが分かるから、かえって栄之助は冷静になれたのだった。

袴を脱ぎ捨てると、いち早く気の利く娘がたたみはじめた。

着物を脱ぎ、下帯一枚となり、それも解きはじめた。全員の緊張も極に達し、室内の空気が張り詰めた。

やがて全裸になると、何人かの娘はぱっと両手で顔を覆《おお》い、恐る恐る指の間から栄之助を見た。

「で、では、ここへ横になって下さい」

美也も、すっかり緊張にかすれた声で言い、栄之助は言われたとおり畳に仰向けになった。

「皆さん、囲むように近づいて下さい」

美也が言うと、十人ばかりの娘たちが栄之助を囲んで見下ろしてきた。娘たちの甘ったるい汗の匂いと、ほんのり甘酸っぱい吐息までが、濃厚に混じり合って栄之助を包みこんできた。

「このように、殿方は女子《じょし》に対して淫気が高まると硬く大きくなります」

美也の説明に、全員の熱い視線が栄之助の股間に集中した。

「変な形ね。邪魔じゃないのかしら。こんなに弓のように張って」

「団十郎も粂太郎も、皆これをつけているのかしら」

娘たちが口々に囁《ささや》き合う。それを美也がたしなめた。

「お静かに。殿方は、みなこれを持っております。大きさや太さはまちまちですが、それほどの違いはなく、いかがわしい絵草紙のように大きすぎるようなこともありません。また、普段は柔らかく小さくなっているので、邪魔ではありません」

美也も実際に見るのは初めてらしく、頭で覚えた知識を諳《そらん》じているだけのようだった。

「これを女の陰戸に差し入れて交合《まぐわ》い、何度かこするうち先っぽから子種を含んだ精汁が飛び出し、孕《はら》めば赤児となります。出るときには、殿方は殊《こと》のほか気持ち良くなり、嫁御のいない方は、陰戸の代わりに自分の手を筒にしてこすります。たとえ病人でも殿方は月に何度か、そうした行ないをしたくなるものなので、立っていたり下帯が濡れていても大騒ぎしませぬように」

美也は言い、用意された手桶で手を洗い、さらに浸して絞った手拭いで栄之助の股間を拭き清めてくれた。

いよいよ、触れてくるのだろう。栄之助は緊張と期待に胸を高鳴らせた。

「ここが雁首で、中には子供のように皮をかむったままの人もおりますが、大部分は大人になると同時に剝けて、このような丸坊主が現われます。この袋には玉が二つ納まり、ここは男の急所ですから強くいじらないように」

さらに美也は、袋をつまんで持ち上げ、肛門の方まで娘たちに見せた。

「では、精汁の出るところを見せて頂きます。お尿《しし》の出る穴と同じですが、白っぽい色なのですぐに分かります」

説明を終えると、美也は栄之助を見下ろして言った。

「さあ、では出してくださいませ」

「は、はあ……」

栄之助は自ら握り、幹をしごきはじめた。

しかし、このまま呆気《あっけ》なく果ててしまうのは、あまりに惜《お》しかった。

「あ、あのう、やはりこれだけ多くの婦女子に見られながらというのは、気後《きおく》れがして出しにくいです。出来ますものなら、どなたかの手でお願いしたいのですが」

駄目で元々という気で言うと、意外にも美也はすぐに頷いてくれた。

「承知しました。では順番に、握ってみて下さい」

美也は言うと、まず最初に自分で握り、モミモミと動かした。ほんのり汗ばんだ柔らかな手のひらに包まれ、栄之助は快感に思わず息を詰めた。

「さあ、では次」

美也は感触を確かめるように幹や陰嚢に触れてから手を離すと、次の娘が手を伸ばしてきた。やんわりと握られ、栄之助はまたピクンと反応した。汗ばんだ感触や温もりが、やはり微妙に違っている気がする。

やがて待ちきれずに、栄之助の両側から多くの手が伸ばされ、争うように肉棒や陰嚢に触れはじめてきた。

「まあ、生温かくて気味が悪い」

「硬くなく柔らかくなく、変な感じだわ」

娘たちは口々に言い、いったん触れてしまうと度胸もついたように、幹から先端、陰嚢から睾丸まで遠慮なくいじりまわした。

その、少々乱暴な刺激と、彼の周りを取り囲む娘たちの熱い視線と甘ったるい熱気に、とうとう栄之助は激しい快感に全身を貫かれてしまった。

「い、いく……！」

思わず口走ると、同時に先端の鈴口から大量の精汁がほとばしった。

「あん……！」

何人かは驚いて手を引っ込めたが、中にはドクンドクンと脈打つ幹を握って感覚を確かめるものもいて、栄之助は最後の一滴を出しきるまで、妖しい刺激を得続けて満足することができた。

ようやく栄之助がグッタリと力を抜くと、全員が手を引っ込め、徐々に萎えていく肉棒を見守り、彼の下腹に飛び散った白濁した粘液を不思議そうに眺めていた。

「これが、子種を含んだ精汁です。触れてみて下さい。毒ではないし、口から入れる分には孕みませんから舐めても大事ありません」

美也が言いながら、まず自分が指で触れ、ヌルヌルする感触を確かめてから、そっと鼻に近づけて嗅ぎ、チロリと舐めて見せた。

それに勇気づけられ、娘たちも次々に同じようにした。

「まるで葛湯《くず》のよう……」

「生臭いわ。栗の花のような匂いが……」

娘たちは僅かに眉をひそめながらも、美也に倣ってそっと舐めてみたりした。

四

「では、皆さんはそれぞれのお仕事に戻って下さい」

美也が言うと、娘たちは部屋を出ていった。

栄之助も身を起こして下帯をつけようとしたが、それを美也が制した。

「待って下さい。もう少し、お教え頂きたいことが」

「ええ、どのような……」

栄之助も、美也と二人きりになると急に羞恥と興奮が甦《よみがえ》って、立ち去り難《がた》い気持ちになっていた。

「それは、どのぐらいで再び大きくなるのですか？」

美也も密室に二人きりとなると、さっきとは打って変わってモジモジとし、恐る恐る栄之助の股間に視線を走らせた。

「刺激すれば、すぐにも。どうぞ、御存分に」

栄之助が股間を差し出すと、美也は少しためらってから、微かに震える指で幹に触れてきた。

大勢のときと違い、美也の興奮がはっきりと伝わり、さして刺激されないうちに栄之助自身はムクムクと鎌首をもたげてきてしまった。

「まあ、こんなにすぐに……」

美也は、すぐ遠慮がちに手を離して言った。

「殿方がこのようになるときは、淫気が高まっていると聞きます。それは今、私に対してですか……？」

「はい。男は、目の前にいる女性に気持ちが傾きます」

栄之助は、すっかり回復してしまい、ことさらに美也に突きつけるようにした。彼女の方が年上だが、男女のことに関しては無垢だろう。好奇心は旺盛なようだが、まだ実績の伴わない彼女に対し、栄之助は優位に立って実際彼女に欲情しはじめていた。

「実は私は、新三郎さまに嫁す所存でございます」

「え……?」

それを聞き、栄之助は急に気持ちがくじけてきた。恩人の息子の嫁となれば、今後も国許で身近な人となろう。行きずりに関係を持つわけにはいかなかった。

しかし美也は、さらに身を乗り出してきた。

「新三郎さまとは約束ができており、お国許のお許しさえ出れば一緒に行きたいのですが、そのためには今しばらく、手伝いの娘たちに教えておくべき仕事があります」

なるほど、それで新三郎の帰郷も延びていたのだった。優秀な二人が養生所を去るにあたり、まだまだ後継者に伝えることが山ほどあるのだろう。

「では、もう新三郎さんとは、交わりを……?」

栄之助は、気になっていたことを口にした。何しろ美也は、どう見ても無垢。しかも今日、はじめて男の身体を見たようなのである。

「いいえ、新三郎さまは、私には何も致しません。祝言を挙げるまではと」

「ううん、噂に違《たが》わぬ堅物だ……」

「栄之助さまは、もう女をお知りですか？」

「ええ、まあ……」

栄之助が正直に頷くと、美也は目を輝かせた。

「ならば、お伺いしたいことがございます。殿方は、好きな女子の股を舐めるというのは本当でございましょうか」

どうやら絵草紙か何かで見たのだろう。男女の交わりと、それに関する諸々の行為が気になって仕方がないようだった。

「もちろん舐めますよ」

「い、嫌ではありませんか……？」

「嫌どころか、男なら自分から舐めたくなるものです。ただ、新三郎さんみたいな堅物がしてくれるかどうかは分からないけれど、その場合は美也さんの方から誘うべきですね」

栄之助は、いっぱしの助言をした。

「さ、誘うと言っても……」

「それには、まず舐められる気持ちがどんなものか試してみますか？」

栄之助は、再び欲情してきた。何しろ自分だけ全裸なのだし、すでに回復している一物まで見られているのだ。それに、いかに新三郎の許嫁《いいなずけ》とはいえ、あまりに美也は好奇心をむき出しにし、何でも栄之助の思いのままになりそうな気がしてきたのである。

「そんなこと、好きでなくてもできるのですか……？」

「男は、目の前にいる人が好きなのです」

「ああ……、どうしよう。舐められることを夢にまで見るほど憧れているのですが、そんな淫らな自分が嫌なのです」

美也はクネクネと身悶え、何とも色っぽい表情で言った。ほつれ毛が汗ばんだ項《うなじ》に貼りつき、ようやく娘たちの体臭が薄れて、美也だけの甘ったるい匂いが濃く漂いはじめていた。

「どうか、ご自分に正直に。大変なお仕事をなさっているのですから、せめてほんの一時望むことをしたとて誰にも責められることではないでしょう。病人が苦痛を和らげてほしいのと同じ、生身の人間なのですから火照りは鎮めるべきです」

栄之助は、全裸で勃起したまままもっともらしいことを言った。

「本当に、舐めて頂けるのですか……」

「はい。どうか恥ずかしがらずに出してください。私も裸なのですから」

言うと、ようやく決心したように美也が裾をまくり、白くムッチリとした脚を付け根まで露わにして仰向けになった。

栄之助は、彼女の決意が変わらぬうち、美也の股座に顔を潜り込ませていった。

左右に開かれた内腿は色白で張りがあり、真ん中の丘も肉づきが良く、まるで二つの饅頭を横に並べて押し潰したような丸みがあった。

割れ目からは僅かに薄桃色の花びらが覗き、指を当てて開くと、微かにピチャッと音がして、すでに中は大量の蜜汁でヌルヌルに潤っていた。

肉体は成熟しているが、奥の陰門は初々しい色合いで羞恥に震え、小豆《あずき》大のオサネもツンと突き立って光沢を放っていた。

「ああッ……、そんなに、ご覧にならないで……」

美也が、快感の中心に栄之助の熱い視線と息を感じて言った。

栄之助は、とうとう顔を埋め込み、茂みに鼻をこすり付けた。汗と尿が入り混じり、ふっくらと蒸れた匂いが鼻腔を刺激してきた。

「あう……、い、嫌な匂い、しませんか……」

触れられて喘いだ美也が、激しく息を弾ませて言う。

「大丈夫、とっても良い匂いです」

「アアッ！　は、恥ずかしい……」

美也が、滑らかな内腿でキュッと彼の顔を挟みつけてきた。

栄之助は何度も何度も顔を埋めたまま深呼吸し、美也の匂いを吸収しながら果肉に舌を這わせていった。

大量の蜜汁をすすり、奥まで差し入れてクチュクチュと掻き回し、ゆっくりとオサネまで舐め上げていくと、

「あ……、ああ……、き、気持ちいいッ……！」

美也が早くも声を上ずらせ、ガクガクと股間を跳ね上げるように反応してきた。それでも他に声が洩れぬよう懸命に抑えていたが、それがかえって感覚を研ぎ澄まし、快感を倍加させているようだった。

栄之助は激しく舌を這わせ、両足を抱え上げて白く豊かなお尻の谷間にも鼻先を潜り込ませていった。そして、まるで大きな饅頭を二つに割るように、両の親指でムッチリと双丘を開き、薄桃色の菊座にも舌を這わせた。

「アア……、そ、そんなところまで……」

美也は快感と感激に声を震わせたが、拒《こば》みはしなかった。

鼻を押し当てると、やはり汗の匂いに混じって秘めやかな匂いが感じられ、しかも菊座の襞には落とし紙の小さな破片が貼りついていて、生々しい興奮が得られた。こんな神々しく献身的な仕事に従事する美女でも、ちゃんと厠へ行くということが分かり、栄之助は

新鮮なときめきに胸を震わせた。

構わずペロペロと舌を這わせ、内部にもヌルッと押し込んで舐め、味も匂いも無くなると、栄之助は再びワレメに溢れる蜜を舐め取ってから、オサネに吸いついた。

「そこ……、もっと……」

美也が口走り、すでに何度か気を遣ったようにヒクヒクと下腹を波打たせた。

五

「今度は私のも、どうかお口でして下さい」

栄之助は、グッタリと身を投げ出した美也に言い、その鼻先に一物を近づけていった。

すると美也も、すぐに息を弾ませてパクッと先端に吸いつき、激しく鈴口に舌を這わせてきた。

熱い息遣いが股間に籠もり、先端は痛いほど強く吸われた。

栄之助が喉の奥まで差し入れても美也は嫌がらず、舌の表面全体でクチュクチュと幹の裏側を摩擦してくれた。

タップリと溢れた温かな唾液に根元まで浸り、栄之助はジワジワと二度目の高まりを迎えはじめていた。

「ンンッ……！」

美也は上気した頬をすぼめて呻き、何度も口に溜まった唾液を飲み下しながらモグモグと唇と舌を動かし続けた。

やがて、いよいよ危うくなってくると、栄之助はヌルッと肉棒を口から引き抜いた。

「い、入れてもいいですか……？」

栄之助は、禁断の興奮に息を弾ませながら、恐る恐る言った。

「え……、ええ……、でも……」

美也も、さすがにためらって言い淀んだ。

「どんなものか試してみておくのもよろしいかと。中には、初回で驚き、嫌になって不仲になる人もいると聞きます」

「でも、血が出るのは初回のみと聞きますが……」

「それは迷信です。最初から出ない人は何人もおりますし、それは医師である新三郎さんがよく御存じでしょう」

栄之助は、挿入の体勢を取りながら言った。そして美也も、さっきとは比べ物にならないぐらい、白っぽい淫水を大量に漏らしていたのだ。

「で、では……」

お許しが出ると、すぐにも栄之助は先端を押し当て、一気にヌルッと押し込んでしまった。

「あう……！」

美也が微かに眉をひそめて声を洩らしたが、充分に熟れた肉壺は、何の抵抗もなく深々と栄之助自身を受け入れた。根元まで押し込むと、熱いほどの温もりと、さすがに狭い感触が伝わってきた。

完全に身を重ね、股間同士を密着させると、美也も夢中で下からしがみついてきた。

（とうとう、恩人の息子の嫁になる人と交わってしまった……）

栄之助は複雑な思いを抱いたが、それ以上に、初物を頂いた快感に喘いだ。

すぐ目の前では、美也がきつく目を閉じ、形良い口を開いて熱く忙しい呼吸を繰り返していた。

栄之助は、その甘い息を感じながら唇を重ね、舌を差し入れた。

白く滑らかな歯並びを舐め、さらに奥へ潜り込ませると、美也がチュッと強く吸い付いてきた。

さらに栄之助は、深々と挿入したまま彼女の縫腋をめくり上げて、形良く張りのある乳房をはみ出させた。

屈み込んで乳首を吸うと、ジットリ汗ばんだ肌が甘く香り、肉棒がさらにキュッときつく締め付けられた。

栄之助が小刻みに動きはじめると、クチュクチュと淫らに湿った音が聞こえてきた。

「あ……、あぁッ……！」

「痛いですか？」

「いいえ、大丈夫です。もっと強く……」

美也が声を上ずらせて口走った。最初からでも、しっかり感じてしまう人がいるのだと知り、栄之助は新鮮な発見に驚いていた。そして武家の子女にも、人一倍色事への好奇心の旺盛な人がいるのだということも知った。

強く股間を押し付け、深く押し込むと、先端が子壺の入口にヌルッと触れる感触が伝わり、そのたびに美也がウッと呻いて顔をのけぞらせた。

次第に栄之助も、美也への気遣いを忘れてズンズンと激しく動き、とうとう大きな快感に全身を貫かれながら、強かに精汁を放ってしまった。

やがて最後まで出しきって動きを止め、栄之助は美也のかぐわしく上品な吐息を嗅ぎながら、うっとりと余韻に浸った。

そしてグッタリとなった美也から、そろそろと引き抜くと、やはり出血はなく、中に放った精汁が、大量の淫水とともにトロリと溢れてきた。それを懐紙で拭ってやり、栄之助は先に身繕いをした。

「大丈夫ですか……？」

激情を過ぎて冷静になると、栄之助は大変なことをしてしまった思いに捉われた。

しかし美也も間もなく身を起こし、懐紙に血がついていないことを確認してから、のろのろと身繕いをした。

「ええ……、貴重な体験をしました……」

「痛みは？」

「入れられたとき、少し痛みましたが、それ以上に殿方と一つになった思いで、あとは夢中で、よく覚えておりません」

美也が答え、後悔していないようなので栄之助もようやくほっとした。

「でも、舐められたときは何度も宙に浮かぶような心地になりました。あれが、気を遣るということなのですね……」

「ええ。あとは新三郎さんが、ちゃんとして下されば良いのですが」

「新三郎さまは、どうも高野くんばかりを可愛がります」

「衆道《しゅどう》の趣味がおありなのかな。まあ、ともに暮らせば最も身近な美也さんを選ぶでしょう。では、私はこれにて」

やがて栄之助は辞し、少し小石川界隈を散歩してから夕暮れに楓の待つ宿へと戻った。

すると、ちょうど宿から長身の、目つきの鋭い男が出てくるのに行き合った。

「おお、あんたは」

平田深喜だった。頬が赤く痣になっている。

「楓殿を訪ねたのだが、金策を断わられたうえ、また手酷《ひど》くやられ申した」

平田が頬を押さえ苦笑しながら言った。金策だけでなく、栄之助の不在を良いことに、狼藉《ろうぜき》でも働こうとしたのかもしれない。

栄之助も苦笑した。まあ楓は意に染まぬことは決して承知しないし、かりに力ずくでどうこうしようとしても、まず敵う相手ではないから心配には及ばなかった。

「江戸の道場は、実に入門料が高い。内職を見つけ何とか長屋には転がり込んだが、この分ではいつ入門できるかどうか」

言われて、栄之助は黙って財布から二分金を出した。

「済まぬ……」

平田は頭を下げ、金を受け取ると少し咳き込みながら足早に立ち去っていった。栄之助は、それを見送ってから宿に入った。

「いつ、お国許へお帰りになりますか」

風呂から上がり、夕餉の給仕をしながら楓が言った。

「もう、二、三日だな。金も残り少ないし、そうそう遊んでもいられないだろう」

「ええ。でも多くの人とお話しになれば、玄庵先生のお役に立ちますでしょう」

「ああ、明日は新橋に行ってみる。絵師の英泉さんとは少しでも多く話したいのだ」

栄之助は言い、平田深喜のことは黙っていた。

しかし、楓の方から切り出してきた。

「本当に、栄之助さまはお優しいし、そうしたところをお慕《した》い申し上げるのですけれど、それが徒《あだ》になることもございます」

どうやら楓は、栄之助が平田に金を渡すところを見ていたようだった。

「あの男、剣では身を立てられぬかな？　楓から見て、どうだ」

「駄目なものは駄目でしょう。剣の腕より、まず心根が卑《いや》しゅうございます。おそらくあの金も、今夜のうちに酒と女に使ってしまうでしょう」

「そうか。楓が言うなら、そうなのだろう」

楓に痛めつけられ、それで惚れたと彼が言ったから栄之助も同調するところがあったのだが、それは見込み違いだったかもしれない。単に強いものにへつらい、優しくしてくれるものには図々しくなるだけのものなのだろうか。

「まあ、どちらにしろ我らが江戸を離れれば、それで縁も切れよう」

「はい」

食事を終え、栄之助は楓に床を敷いてもらった。

もちろん養生所で済ませてはいても、夜は夜だ。栄之助の淫気には限りがなく、常に目の前にいる女性に激しく欲情してしまうのである。

栄之助は楓を抱き寄せ、その唇と肉体を求めた。楓もまた、すぐにも栄之助の愛撫に息を弾ませ、艶めかしい表情で応じてくるのだった。

第五章　肥後《ひご》ずいき

一

「痩《や》せても枯れても紫色の雁高は、ヘノコでござる」

酒も飲まない北斎が上機嫌で見得《みえ》を切ると、芸者たちが囃《はや》し立てた。

新橋の料亭である。版元のツケで、たまにはこうした豪遊もできるようだった。

昼間は、栄之助は英泉の住まいを訪ねて仕事の様子を見せてもらい、日暮れになって三人で繰り出してきたのである。

栄之助は、英泉との会話に夢中になっていた。

「なるほど。武家の女でも、そのような人がいるのですな」

英泉は感心して頷きながら、栄之助の盃に酒を注いでくれた。養生所の美也、とは言わず国許の女の話として英泉に話したのである。

「ええ、間もなく嫁《とつ》ぐのですが、相手はあまりに堅物で手も出さないようですからね」

「ふむ、それは寝気労《しんきろう》というものですな。女も成熟して欲望が満たされると、常に床の中では男の身体を思い描き、悶々として気疲れしてしまう一種の病です」

「ははあ、確か蜃気楼《しんきろう》も大蛤《おおはまぐり》の吐いた息が見せる幻とか言います。どちらも艶めかしい感じがしますね」

栄之助は言いながらも、英泉の博識に目を見張っていた。やはり武家の出だけあり、単なる枕草紙の絵師ではなく、そこに医学的な解剖図を取り入れたり、精神的な気鬱《きうつ》の分析にまで興味を持っているようだった。

「それで、榊どのはいつお国許へ？」

「はあ、明日には帰ろうかと」

「それはお名残惜しい」

「はい。でも箱根へでも来ることがあったら、是非お立ち寄り下さい」

栄之助が言うと、北斎がこちらにも声をかけてきた。

「何をつまらん話をしておる。せっかく女がいるというのに、男同士で話す奴があるか」

北斎が言いながら、懐《ふところ》から何か白い紐のようなものを取り出した。

「まあ、何ですの、それ」

芸者が言い、みな北斎の手元を覗《のぞ》き込んだ。

「これは四つ目屋で買った肥後《ひご》ずいきと言ってな、ヘノコに巻いて交合うと、ぼぼの内側でこすれるうえ、女の汁を吸って太くなる。しかもずいきから出る汁で、女はむず痒《がゆ》くなって大層よがる優《すぐ》れものさ」

北斎が説明をする。

四つ目屋というのは両国《りょうごく》にある性具店で、肥後ずいきは里芋の一種『はすいも』の葉茎を晒《さら》して乾燥させたものだ。普通の芋がらと違い、白くスベスベとし、これを裂いて紐状にしたものである。

「どう巻くのです？」

栄之助が訊くと、

「おお、お前さんに一つやろう」

北斎は彼に一本渡してから説明を続けた。

「巻くときは根元から鴈首まで先へ向かって菱形に結っていくんだ。どれ、巻いて見せるから立たせてくれ」

「アレ、いけませんよう、こんな所で」

芸者が身をのけぞらせて言うと、みな笑った。

と、その時である。

廊下の方が騒然となったかと思ったら、いきなり障子が開いて一人の芸者が転がり込んできた。

「た、助けて……！」

見れば、彼女の着物が裂け、左手からはポタポタと血が滴っているではないか。

「どうした！」

「お、お医者を……」

「医者ならここにいる」

北斎が、栄之助を指して言った。別に医者ではないのだが、もとより免許制度があるわけでもないから、栄之助もすぐ彼女の着物を脱がせるよう指示し、傷口を調べた。

すると、中庭から大音声が響き渡った。

「おのれ、どこへ行った。労咳《ろうがい》病みの相手はできぬと愚弄《ぐろう》しおって！」

聞き覚えのある声。栄之助が伸び上がって中庭を見ると、なんと平田深喜が抜き身を下げ、血走った目をギラギラさせて周囲を睨《にら》みつけているではないか。

その口元は血にまみれ、何とも凄惨な顔つきをしている。自ら労咳と言ったから血を吐き、それを芸者が嫌がって彼の癇《かん》に触ったのだろう。

それでも、出てきた手代が平身低頭し紙包みを差し出すと、すぐにも平田は刀を納め、悠々と中庭を横切って店を出ていったようだ。他の客への迷惑や店の看板を考え、庭内で捕り物をするよりまずは彼を外に出し、そこであらためて役人に突き出すつもりなのかもしれない。

「なんてえ野暮天《やぼてん》だ。こんなところでダンビラ抜くなんざ。もっとも、おれも抜こうとしていたんだが。それより、こっちの傷の具合はどうだい？」

北斎が、裾を直しながら言った。段平《だんびら》とは、刀の他に男根の意味もあるのだ。

「はあ、大したことはなさそうです」

栄之助は、焼酎をもらって傷口に吹きつけ、血止めのため腕の付け根を固く縛った。傷は二の腕に三寸ばかりだが浅く、もう血も止まりかけていた。平田も酒の酔いと喀血の発作で力が入らず、ほんのかすり傷で済んだようだった。

栄之助は傷口にさらしを巻きながら、自分にも手当てできる程度の怪我で良かったと思った。

そしてほっとすると同時に、身悶えする芸者の白い項と、袖をめくり上げた襦袢の隙間から見え隠れする乳房に、つい目が行った。

しかし芸者の方は、痛がってもがき、たいそう元気が良い。

「キーッ！　痛い、口惜《くや》しい、ちくしょーッ……！」

「これこれ、そんなに暴れると傷口が開くぞ」

栄之助が言うと、間もなく料亭の主人が挨拶にやってきて、若い衆がもがく芸者を運び出した。

「大変お騒がせいたしました。先生にはお手数をおかけし、御礼の言葉もございません」

「いや、応急に血止めをしただけだから、しかるべき医師に診せた方がよろしいかと」

栄之助も、平田に金を渡した責任を感じて言った。

「どうか、お部屋をあらためまして、お遊びになって頂きとうございます」

確かに、畳にも点々と血が滴っていた。

栄之助たち三人は別室へと招かれ、さらに豪華な料理と多くの芸者にもてなされた。

「今夜は、榊どののおかげで全て只《ただ》になったようなものだ」

北斎が上機嫌で肴《さかな》をつまみ、酒の代わりに茶を飲みながら言った。

「あの男、どうなるでしょう」

「まあ、体良く店を出したところで若衆に取り押さえられ、今頃は番屋に突き出されていることだろうよ」

「その後は」

「うん。芸者が死んだわけじゃなし、かすり傷だから店も休まずに済むだろうから、大したお咎《とが》めにもならぬかもしれぬな。あの子も酒癖が悪くてな、店も評判を気にして訴えを取り下げ、浪人ものに然るべき身許引受人でもいれば、お叱り程度で済むだろうよ」

北斎が言うと、

「それにしても、浅い傷で良かった」

と英泉が、残念そうに言った。そして小声で、

「ハラワタでもはみ出していれば、良い絵が描けたかもしれぬのにな」

と囁き、栄之助も苦笑した。何しろ英泉は、女人の腑分けが見たくて仕方がないのだ。実際にかなわぬものならば、せめてこうした突発的なことで、少しでも刺激的なものを見ておきたかったのだろう。

「さあ、さっきの続きだ。この肥後ずいき、巻いて見せるからおっ立たせてくれぇ」

「イヤだわ、先生。そのお話は、モウおしまい」

「そうか、無理やりダンビラを抜くのは、どっちも野暮か」

北斎が芸者たちと騒いでいる間、栄之助は英泉と実のある話を交わし、さらに芸者たちにも、嫌な客や変わった要求をする客の話などを聞いた。

「そうね、盃に唾を垂らしてくれって言う客がいたわ」

「してやったのか」

「ええ、上客だったから、ほんの少しだけ」

「いいなあ。他には？」

「お小水を欲しがるお客もいたけれど、それはできなかったわ。あと、頬《ほお》を叩いてくれって言う人だとか、簪《かんざし》でお尻を刺してくれなんて方もいたわ。どれもみんなれっきとしたお武家や大店の旦那衆ばかり」

「なるほど。やはり満たされているものほど、虐《しいた》げられることへの憧れがあるのか」

「難しいことは分からないけど、確かに日頃から駄目な人ほど、飲むと威張り散らす人が多いみたい」

「そうか」

栄之助は、さっきの平田を思い浮かべた。

やがて充分に遊び、栄之助は北斎や英泉と別れ、料亭が手配してくれた駕籠《かご》で夜半に本郷の宿へと戻った。

そして北斎に貰った肥後ずいきを試しに肉棒に巻いて、楓と交接してみた。しかしどうも、栄之助は違和感が大きく、あまり良くはない。

「どうだ。気持ち良いか？」

「はい……」

楓は、すっかり頬を上気させ、甘い息で頷いた。感じている証拠に、少しもじっとしていられないように身悶え続けている。

「肥後ずいきが効いているのか？」

「いえ……、私は栄之助さまと一つになるときは、いつでも極楽にいるような心地になれるのです」

楓が言う。どうやら肥後ずいきの有る無しにかかわらず、楓は感じてしまうようだった。してみると、これは気休めと言うか、気分転換に普段と違ったことをして精神的に刺激を得る程度のものなのだろう。

結局、動くうち途中で解けてしまい、栄之助は肥後ずいきを取り去ってから、あらためて楓に挿入して果てたのだった。

二

翌日、栄之助が楓と一緒に養生所へ行くと、何とそこに平田深喜が寝かされているのを見つけた。

顔じゅう傷だらけなのは、捕り方に袋叩きにされたからだろうか。それでも料亭の穏便にという計らいで釈放され、喀血があったのでそのまま養生所へ連れてこられたようだった。

「ふ……、ざまはない。嗤《わら》ってくれい……」

憔悴《しょうすい》しきった平田が言う。それでも目は血走り、無気味な色合いをたたえていた。

「酒は、止めた方がいいですね。では、我らは江戸を発《た》ちます。お大事に」

栄之助が言うと、平田も仰向けのまま小さく会釈した。その目はじっと楓を見つめている。

しかし楓は何も言わず、やがて栄之助と一緒に奥にいる新三郎に挨拶に行った。

「では、私もなるべく早く戻りますので、父によろしくお伝え下さい。詳しくは、この書状にしたためてあります」

新三郎は栄之助に手紙を預けた。この中には、美也とのことも書かれているのだろう。

「では、お世話になりました。短い間でしたが、大変勉強になりました」

「道中お気をつけて」

新三郎に送り出され、栄之助と楓が養生所を出ると、後から美也も顔を見せて頭を下げた。美也は、二人だけの秘密を胸に、熱っぽい目で栄之助を見送った。

「途中までお送りいたします」

譲も出てきて、栄之助の荷物を持ってくれた。

三人は、そのまま小石川からお茶の水を抜けた。

「では、私はここで。私も養生所での勉強を終え、恩師である吉田長叔《ちょうじゅく》先生のところへ戻ります」

「そうか。では譲くんも頑張って」

「今日から、譲あらため長英《ちょうえい》と言います」

「高野長英か。立派な名前だね」

二人は言い、彼と別れて品川から東海道へと入った。

そして帰り道は心もはやり、日暮れまでに藤沢の宿に着いてしまった。二人は遊行寺脇にある玉半《たまはん》という旅籠に泊まり、栄之助は江戸で見聞きしたことを忘れずに書きとめておいた。

翌朝は明け六つに出立し、平塚の馬入川を渡り、やがて日のあるうちに国許へ帰ることができた。二日で行き来できる距離なのに、やはり初めて郷里を出たせいか、やけに長旅をしてきた気持ちだった。

「おお、帰ったか。ご苦労だった」

玄庵が迎えてくれ、まず栄之助は湯に入って汗を流し、玄庵の夕食に招かれた。

彼には新三郎からの手紙を渡し、玄庵の妻せんには江戸土産の櫛《くし》を渡した。

「ふむ、間もなく戻ると書かれているが、嫁を取りたいので許しを得たいとある。どのような娘か、会ったか」

玄庵が、手紙を読み終えて栄之助に訊いた。

「はい。美也さんという武家の出ですが、今は養生所で働いております」

「そうか」

「たいへん働き者で、ご子息のご新造になれば、看護のお手伝いには最適かと」

「器量や気立ては」

「たいそう美しく、明るくて養生所の使用人や病人たちにも慕《した》われております」

「ならば許そう。わしも安心して隠居できそうだ」

玄庵は上機嫌で、栄之助に酒を注いでくれた。

しかし栄之助は、複雑な心境だった。何しろ美也と関係を持ち、しかも彼女の新鉢を頂いてしまったのである。このまま同居していたら、またきっと間違いを起こすだろう。美也が、新造としての自覚を持ってけじめをつければ問題はないが、何しろ色の道は別物で理性を狂わせる。しかも新三郎も、仕事一筋の男だから、そうそう美也を可愛がってばかりもいられないだろう。

「して、江戸での収穫は？　吉原とやらへは行ったか」

「いえ、北斎、英泉という江戸の有名な絵師と知り合い、多くの貴重な話を得ることができましたが、彼らの話によると、吉原は金ばかり吸い取られ、一見《いちげん》の客では楽しめぬと聞き及びましたので、こたびは参りませんでした」

栄之助は、北斎や英泉に貰った枕草紙を玄庵に差し出した。

「ふむ、面白い。腑分けを見た我らから見れば間違いが多いが、それでも、この想像力には舌を巻くのう」

「はい。しかも見えない部分を見たがる思いに溢れ、同時に淫気も呼び起こすような絵柄です」

「だが、実際を知っているお前の方が上を行こう。あ」

妻のせんが酒の代わりを持って入ってくると、玄庵は神業のような素早さで枕草紙を背後の棚に置いて咳払いした。

「これからも、医学に役立つよう画業に励んでくれ」

玄庵が重々しく言い、栄之助も深々と頭を下げた。

三

「マア、ちょうど良かったわ。お引き合わせしたい方が間もなく見えるの」

新玉町の家を訪ねると、おさとが待ち兼ねたように栄之助を迎えて言った。

栄之助は上がり込み、せんにあげたものと同じ江戸の土産の櫛を渡した。

もちろん絵の道具も持ってきていたが、それ以上に淫気が満ちて仕方がなかったのだ。

楓だけはいつ何時でも相手をしてくれるが、やはりたまには年増の熟《う》れ肌が恋しくなってしまう。

「どんな人です?」

「おりんさんといって、さる大店のご新造なんだけれど、可哀想に赤ちゃんを病で亡くされたばかりなの。気晴らしに、うちへ唄を習いに来ているけれど、最近は一緒に……」

おさとは、鏡台の抽出しから何か細長いものを取り出した。

それは鼈甲《べっこう》でできた、細身の張形ではないか。

「お乳が張って困るというので、私が吸い出してあげてから、何やら妙な仲になってしまってネエ、それで、こんなお道具を買って二人ですることもあるのだけれど、やはり生身の男が欲しい、どうしたものかって言うから、もうすぐ良い人が江戸からお戻りになると言っておいたの」

どうやら二人は、女同士で楽しむようになってしまったらしい。

「おりんさんのご亭主は、赤ちゃんを亡くされてから気落ちしてしまって、二人目を作るよりお仕事で気を紛《まぎ》らすようになって、すっかりご無沙汰らしいんです」

なるほど、まだ乳が出るようでは、亭主も赤ん坊のことを思い出してしまい淫気が失せてしまうのだろう。

（さ、三人で……）

栄之助は期待に胸が高鳴り、早くも股間がムズムズと妖しくなってきた。

そして張形を手にしてみた。

二人の女のヌメリを吸っているであろうそれは、ツヤツヤと黒光りしていた。反り具合もちょうど良く、長さは栄之助よりあるが、細かった。

「固いが、これでは細くありませんか？」

「エエ、でも最初なので、太いのは恐かったんです」

「これを巻けばちょうど良いかもしれない」

栄之助は、懐中より肥後ずいきを取り出し、張形に巻き付けていった。生身に巻くのと違い、きっちりときつく縛ることが出来るから、これなら入れて動かしても解けることはないだろう。

「それは？」

「江戸でもらった肥後ずいきと言って、淫水を含むと太くなり、さらに液汁が滲《にじ》んでむず痒《がゆ》いような何とも言えない心地になるようです」

「マア、それなら先生がいらっしゃらないときにも役に立ちそうだワ」

おさとが、肥後ずいきを巻いた張形を手にし、太くなったそれを惚れぼれと眺《なが》めて言った。

と、そこへ玄関が開き、話に聞いていたおりんだろう、二十四、五の婀娜《あだ》っぽい女が上がり込んできた。さすがに良い着物を着こなし、それに劣らぬ美貌の持ち主だった。瓜実《うりざね》顔で唇が小さく、こぼれるお歯黒の歯並びと桃色の歯茎が、ドキリとするほど色っぽく見えた。

そして栄之助を見て、慌《あわ》てて座って辞儀をした。

唄の稽古に来て、そのあと女同士で楽しもうと思っていたのが、若い男がいたので驚いたのだろう。

「おりんさん、こちらが前にお話しした榊先生」

「お初にお目にかかります。寿町の呉服問屋、相模屋《さがみ》のりんと申します」

濡れぬれと潤んだ眼差しで栄之助に挨拶する様は、とても子を亡くしたばかりの悲哀は感じられず、むしろ若い栄之助の値踏みをするような熱っぽい思いが伝わってくるようだった。

「ではお二階へ」

おさとが戸締まりをして言い、三人は二階へと上がった。

「おりんさんの絵も描いてよろしいですか？　お話を聞いているならお分かりでしょう」

栄之助が言うと、おりんは頰を染めてもじもじしながらも、嫌がる素振りは微塵《みじん》も見せなかった。

「エエ……、恥ずかしいけれど、お役に立つことでしたら」

「では、お願いします」

「い、いきなりご開帳ですか……？」

「はい。どうか」

栄之助は、手早く画帖を開き、矢立てから筆を取り出した。

その間、おさとはてきぱきと布団を敷き、自分も先に帯を解いて襦袢《じゅばん》姿になってしまった。

それに勇気づけられ、すぐにおりんも帯を解いて着物を脱ぎ、薄い襦袢一枚になって布団に座り、微かに膝を震わせながら栄之助の前で両脚を開いてきた。

栄之助も腹這いになって顔を進め、おりんの秘所に迫って目を凝らした。

さすがに磨きのかかった肌は白くきめ細かく、丘にこんもりと繁った濃い毛が黒々として艶めかしかった。

割れ目からはみ出した鶏《にわとり》のとさかにも似た陰唇に指を当てて開くと、早くも淫水がトロリと溢れてきた。同時に、熱気と湿り気が栄之助の顔に吹きつけ、ほんのりとした甘ったるい匂いが鼻をくすぐってきた。

「アア……、は、恥ずかしい……」

おりんが声を震わせ、奥に見えるお肉を蠢《うごめ》かせた。こんな明るい場所で、男に見られるのは初めてなのだろう。

陰唇もオサネも、かなり大きめだった。澄ました顔立ちに似合わず淫水も多いので、栄之助は激しく興奮しながら絵筆を走らせた。早く抱いてみたいが、先にしてしまうと、後で絵を描く気力が失せてしまう。

奥で息づく陰門の周りには、細かな襞があって花弁のように入り組んでいた。そこには白っぽい粘液がベットリとまつわりつき、今にも、尻の谷間に覗いている菊座の方まで滴りそうになっていた。

「ネエ、先生、まだ？」

おさとが甘い息で囁《ささや》き、栄之助にしな垂れかかってきた。さらに襦袢の前を開き、白く豊かな乳房を丸出しにして押し付けた。

ようやく墨で陰唇から陰門まで輪郭の線だけ描くと、もう待ちきれずに栄之助も画帖を閉じて筆を置いた。

そして立ち上がると、すぐにもおさとが彼の袴と着物を脱がせ、下帯を解いてたちまち全裸にさせた。栄之助はそのまま、激しい羞恥にぼうっとしているおりんに迫っていった。

襦袢を開き、やや濃く色づいた乳首を含みながら、大量に濡れているワレメをいじり回した。強く吸うと、確かにうっすらと甘い乳汁が滲んで舌を濡らしてきた。

最初はなかなか出なかったが、吸ううち次第に要領が分かり、たちまち口の中いっぱいに甘ったるい乳の匂いが満ちてきた。

それに、汗ばんだ胸元や腋の下から漂う肌の匂いが入り混じり、栄之助はすっかりピンピンに勃起した。

「ああッ……、いい気持ち。もっと吸って……」

おりんは、早くも我を忘れて喘ぎ、熟れた肌をくねくねと波打たせていた。

栄之助は両の乳首を交互に吸って、滲み出る乳汁を飲み、さらに淡い腋毛の煙る腋の下にも顔を埋めて女の匂いを胸いっぱいに嗅いでから、白い首筋を舐め上げて唇を重ねていった。

小さめで、ぷっくりとした弾力のある唇を味わい、栄之助は舌を差し入れていった。熱く甘い吐息には、やはりお歯黒の成分である鉄漿《かね》の匂いが含まれている。

おりんも、すぐに舌を出してチロチロとからみつけてきた。

するとおさとは、栄之助の背後からピッタリと身体をくっつけて両の乳首を押し付けてきた。

やがて栄之助は、二人を並べて布団に寝かせ、それぞれの秘所を観察した。

どちらもヌラヌラと淫水を溢れさせ、熟れた肌を震わせている。何とも贅沢《ぜいたく》で良い眺めだった。

先に栄之助は、おりんの股座に顔を割り込ませていった。

茂みに鼻を埋めると、淡い汗と尿の匂いが馥郁《ふくいく》と感じられ、濡れた陰唇が彼の口に吸い付いてきた。

栄之助は舌を差し入れ、クチュクチュと掻き回すように舐めながら淫水をすすり、大きめのオサネまで舐め上げていった。

「あう……！　い、いい気持ち……」

おりんがムッチリと内腿で彼の顔を締めつけて口走り、新たな淫水を湧き出させた。

栄之助はオサネに吸い付き、執拗《しつよう》に舌で刺激しながら、たまにワレメ内部の淫水を舐め取り、さらに両足を抱え上げて、菊座にまで舌を這わせていった。

「く……！」

おりんが息を詰め、キュッと肛門を締めつけてきた。

栄之助は、谷間に籠もる汗の匂いと、ほんのりと感じられる刺激臭に息を弾ませながら、内部にまでヌルッと舌先を潜り込ませて蠢かせた。

そして充分におりんの前と後ろを味わい尽くすと、脚を舐め降りて指の股にまで舌を割り込ませ、うっすらとしょっぱい味と匂いがなくなるまでしゃぶった。

肛門と足の指を舐めたことで、おりんは激しく感動したようだ。亭主は、こんな所まで舐めてくれないらしい。

「ネエ、私にも……」

おさとが言い、栄之助はそのままおさとの足指から舐め上げ、秘所へと迫っていった。

股に顔を埋めると、やはりおりんとは微妙に違った匂いが鼻腔に広がってきた。同じ汗や尿の匂いでも、それぞれ異なっていた。

栄之助は、懐かしいおさとの匂いを心ゆくまで吸い込みながら、濡れたワレメに舌を這いまわらせた。

「アア……」

おさとも熱く喘ぎはじめ、いつしかおりんにしがみついていった。

女同士の行為に馴れた二人は、たちまち抱き合って舌を吸い合い、下半身は栄之助に任せきるように投げ出していた。

やがて栄之助は我慢できなくなり、まずはおりんの股間に割り込んで一物を押し当て、ゆっくりと挿入していった。

「あん……、い、いいわ……、もっと奥まで……」

おりんがうっとりと言い、根元まで入った栄之助自身をキュッと締めつけてきた。

すると、そのおりんの上に襦袢を脱いで全裸になったおさとが重なり、四つん這いになって栄之助の方に豊満な尻を突き出してきた。女同士が重なり、栄之助は下にいるおりんと交接した形である。

栄之助は、ズンズンとおりんの中で動きながら、肥後ずいきの巻かれた張形を手にし、それをおさとの秘所に後ろから押し込んでいった。

「ンンッ……！」

口を吸い合っていた二人は、同時に呻いて熱い息を混じらせた。

張形を逆手に握り、自分の股間の動きに合わせて激しく出し入れすると、おさとの秘所から白っぽく濁った大量の淫水がポタポタと溢れ、下でつながっている二人の茂みをベットリと濡らしてきた。

「い、いいッ……！」

とうとうおさとが口を離し、白い背中を反らせて悶《もだ》えはじめた。こちらに向けられたお尻がクネクネと蠢き、何とも色っぽい。どうやら楓に効かなかった肥後ずいきも、熟れきったおさとには充分すぎる効果があったようだった。

そしておりんの陰門も、子を産んだとは思えないほど狭く、心地好く締めつけてきていた。

二人は乳をこすり合わせて悶え、たちまち栄之助の腰の動きも早まった。

とうとう栄之助は大きな快感の津波に巻き込まれ、おさとの背にのしかかりながら、激しい勢いで射精してしまった。

「い、いく……！」

下でも、おりんが口走り、必死におさとにしがみつきながらガクガクと気を遣ったように全身を痙攣させていた。

おさともまた、おりんに体重を預けながらヒクヒクと肌を震わせ、何度目かの絶頂の波を受け止めているようだった。

三人が三人ともに昇りつめ、ようやく栄之助は最後の一滴まで絞り出して動きを止めた。

そして満足げに股間を引き離すと、おりんの上に乗っていたおさとも、秘所に張形を埋め込んだままゴロリと並んで仰向けになった。

欲も得もなく、うっとりと放心して喘いでいる女二人を見下ろすのは、何とも心地好かった。しかもおさとの大きな乳房が息づき、おりんの黒ずんだ乳首からは乳汁が漏れ、混じり合った肌の匂いが陽炎《かげろう》のように揺らめいていた。

栄之助は、快感の余韻に浸りながら、二人の熟れた肌の間に身を横たえていった。

四

「足の指や、お尻の穴を舐められるなんて、生まれて初めて……。しかも榊さまは、武家のお出でしょう……? まだ信じられず、身体がぼうっとして宙に舞うようです……」

おりんが、添い寝しながら甘い息で囁いた。

反対側からも、おさとがピッタリと身体をくっつけている。

「お乳が出るなんて、気持ち悪くないですか？」

「すごく美味《おい》しいです。もっと飲みたいし、顔じゅうにもかけてほしいです」

栄之助は言いながら、滅多にできない経験にムクムクとすぐに回復してきた。

「本当？　嬉しいわ。うちの旦那様は気味悪がって、少しも吸って下さらないの」

おりんが半身を起こし、仰向けの栄之助に乳首を含ませてきた。

栄之助も吸い、甘い匂いと味に包まれた。

「こうすると、もっと出るんです」

おりんが彼の口から乳首を離して言い、指でキュッと強くつまんだ。すると霧状になった乳汁が、栄之助の顔じゅうに生温かく降り注いできた。

「あ……、もっと……」

栄之助はうっとりと薄目になって言い、おりんも彼の顔じゅうがヌルヌルになるまで絞り出してくれた。

おさとも顔を上げ、栄之助の濡れた顔にヌラヌラと舌を這わせて乳汁を舐め取りはじめた。栄之助は、乳汁と、おさとの唾液の混じり合った匂いに酔い痴れながら淫気を高めていった。

やがて乳が出なくなると、おりんも屈み込んで、おさとと一緒に栄之助の顔中を舐め回してきた。

「ああ……」

栄之助は身を投げ出し、二人の混じり合った甘い吐息の匂いで胸を満たした。

二人の美女は、まるで母猫が子猫を舐めるように、栄之助の頰から瞼、耳から鼻の穴まで念入りに舌を這わせ、温かな唾液にまみれさせた。

栄之助も舌を伸ばし、それぞれの口を舐めると、いつしか二人は同時に彼の口を吸い、激しく舐め回しはじめた。

三人が鼻先を付き合わせている、その中の狭い空間に美女二人の息が温かく籠もり、栄之助の鼻の頭までジットリと湿り気を帯びるようだった。

そのかぐわしい匂いを贅沢《ぜいたく》に何度も嗅ぎ、栄之助は混じりあった大量の温かな唾液で喉を潤した。二人の美女の唾液は、どんな美酒にも増して彼を酔わせ、甘美な悦びで全身を包み込んだ。

二人は、栄之助の出した舌を交互に吸い、争うように彼の口の中にも舌を潜り込ませてきた。

ようやく二人の口が離れ、熱く甘い吐息から解放されると、室内の空気がひんやりと感じられるほどだった。

二人はそのまま、栄之助の首筋を舐め下り、左右の乳首に同時に吸いついてきた。音を立てて吸いつき、ヌラヌラと舌を這わせ、ときには軽く歯を立ててきた。

「く……！」

栄之助は呻き、快感に身悶えた。

さらに二人は栄之助の胸から腹、脇腹まで舐め回し、甘く嚙み、熱い息で肌をくすぐって這い下りていった。

胸にも腹にも、まるで二匹の巨大なナメクジが這い回ったように、唾液の痕が縦横に印され、西日を受けて妖しい光沢を放っていた。

しかし二人は、まだ栄之助の一物には向かわず、腰から脚の方へと下りていった。まるで打ち合わせたかのような、息の合った愛撫の順序だった。

やがて二人は、栄之助がしたように、彼の足の裏を舐め回し、左右同時にパクッと爪先《つまさき》にしゃぶりついてきた。

「あう……」

栄之助は、その快感に思わず喘いだ。美女たちに足の指を舐められているのだ。それはまるで温かな泥濘でも踏んでいるような感覚だ。指の股にヌルッと舌が割り込み、爪が嚙まれ、一本一本指が吸われる。何とも、申し訳ないような快感だった。

足の指で、それぞれの舌をキュッと摘まむと、それは唾液にヌルリと滑り、絹のような感触が伝わってきた。

ようやく足指を舐め尽くすと、二人は大きく開かせた栄之助の脚の内側を、ゆっくりと舐め上げてきた。

内腿を嚙まれると、否応なく肌がビクッと震えてしまい、栄之助はまるで二人の美女に全身を少しずつ食べられていくような甘美な妄想に陥った。

「まあ、もうこんなに大きく……」

おりんが、溜め息混じりに言った。

二人の美女の、熱い視線と吐息が栄之助の快感の中心に集中してきた。

先に、おさとが舌を伸ばし陰囊を舐め回してきた。するとおりんも、同じように顔を割り込ませて舐めはじめる。

二人は、それぞれ睾丸を一つずつ含んで吸い、アメ玉のように舌で転がした。

「う……」

強く吸われると、何しろ急所だから快感と不安が入り交じり、栄之助は思わず息を詰めて力んでしまった。

さらに二人は、自分たちがしてもらったことを一つ一つお返しするかのように栄之助の両足を抱え上げ、交互に肛門に舌を這わせてきた。

これも贅沢な快感だ。楓は厭わずしてくれるが、二人がかりでされるなど、吉原通いのどんなお得意だってしてもらえないだろう。しかも二人のうち一人は、れっきとした人の妻なのである。

触れてくる二人の舌の感触は、やはり微妙に違っていた。

二人は顔を突き合わせながら、舌先で菊座の襞を丁寧に舐め回し、充分にヌメらせてからヌルリと押し込んできた。

キュッと締め付けると肛門に美女の舌の柔らかな感触が伝わり、二人の熱い息が唾液にまみれた袋をくすぐってきた。

ようやく気が済むと、二人は彼の脚を下ろし、いよいよ肉棒に迫ってきた。張り詰めた先端にチロチロと舌を這わせ、鈴口から滲む粘液を交互に舐め取った。

幹を舐め下り、再び裏側を舐め上げ、雁首の溝にもツツーッと舌先を這わせ、先におりんからスッポリと含み込んできた。

口の中は温かく、内部ではクチュクチュと舌が蠢いた。

そのままおりんは頰をすぼめて強く吸いながらスポンと引き抜き、今度はおさとが喉の奥まで呑み込んできた。

「ああ……」

栄之助は喘ぎ、二人の唾液にどっぷりと浸りながらヒクヒクと幹を震わせた。

「ネエ、今度は私よ……」

おさとが言い、顔を上げて、仰向けの栄之助の股間に跨ってきた。

そして幹に指を添えて陰門にあてがい、ゆっくりと座り込んできた。

張り詰めた先端がヌルッと潜り込むと、

「ああッ……！」

おさとは快感に顔をのけぞらせて喘ぎ、そのまま体重をかけて座り込み、肉棒をヌルヌルッと根元まで呑み込んだ。

ピッタリと股間が密着すると、おさとは自ら大きな乳房を揉みしだきながら腰を上下させ、栄之助自身をきつく締めつけてきた。

おりんは、タップリとおさとのヌメリを含んだ張形を手にし自分で陰門に押し込んだ。

「ねえ、吸って……」

おりんは栄之助に添い寝し、自分で激しく張形を出し入れしながら、乳汁の滲んだ乳首を彼の口に押し付けてきた。

栄之助は吸いながらズンズンと股間を突き上げ、ジワジワと高まっていった。

「アア……、たまらないわ……」

上体を起こしていたおさとが身を重ね、股間を動かしながら栄之助の唇を求めてきた。

おりんも割り込むように、彼の口に舌を這わせたり、乳首を押しつけたりした。

おさとの陰唇からはポタポタと滴るほどの淫水が溢れ、揺れる陰嚢を温かく濡らした。

もう限界だった。栄之助は二人の女の熱気に包まれ、甘い体臭と吐息の渦の中で二度目の絶頂に達した。

全身が溶けてしまいそうな快感に見舞われ、二度目とも思えぬ勢いで精汁が噴き出し、おさとの子壺の入口を直撃した。

「アアーッ……！　か、感じるぅ……！」

おさとも肉壺の内部を悩ましく収縮させながら気を遣り、声を上ずらせて喘ぎながらガクンガクンと全身を波打たせせた。

おりんも、自身の動きによる張形の刺激に昇りつめ、栄之助に身体をくっつけながらクネクネと身悶えていた。

栄之助は最後まで出しきり、動きを止めて力を抜いた。

少し遅れておさとも力尽き、グッタリと彼に体重を預けてきた。

「こんなの、初めて……」

おりんも満足げに呟き、栄之助の耳に熱い息を吹きかけてきた。

(今日は、これで終わりだろうな……)

快感の余韻の中で、栄之助は不安気に思った。二度までは良いが、それ以上となると、どうにも心もとない。最初は二人の女が相手という刺激と興奮が大きかったが、両方を平等に満足させるのは至難の業だった。

激情が過ぎてしまうと、栄之助は冷静になり、今後はそれぞれ一人ずつと会うようにしたいと思った。

ようやく、のろのろと二人が身を起こした。外は、すっかり日が傾いている。

「そろそろ帰らないと。お湯を使わせて下さいナ……」

おりんが乱れた髪を直しながら言い、栄之助もほっとした。

もちろん一緒に湯殿に入れば、またムラムラと妖しい気分になって求められるかもしれないが、幸いおりんは一人で階下へ下りていった。どちらにしろ湯殿は狭いので、三人は無理である。

「どうだった？　なかなか色っぽい人でしょう」

おさとも、髪を直しながら言った。

「ええ。でも二人一度はかなり大変です」

「そうでしょう。私も、先生をゆっくり独《ひと》り占めしたいから、これからは一人で。おりんさんとも、そのうち二人きりでお会いになるといいわ」

おさとが言う。してみると栄之助が他の女を抱くことに対する嫉妬《しっと》はなく、むしろ彼は二人の共有の性具のように扱われているのだろう。栄之助もその方が興奮するし、また気が楽だった。

やがておりんが湯殿を出ると、入れ代わりに栄之助も身体を流した。

五

「どうも、姫様が気鬱の病にかかってしまったようだ」

玄庵が言った。栄之助は、清姫の高貴な顔立ちと白い尻を思い出した。

「それは大変ですね」

「ああ。だから明日から浜の別宅へ療養に行くそうだが、そのおり、お前を名指しでお招きになった」

「え……？」

「前に、中庭に待機していたお前を見初《みそ》め、看護と同時にお話し相手に所望されている。だから絵師ではなく、医師としてお前を行かせるが、よいか、くれぐれも軽はずみな行動は取ってくれるなよ。相手が相手だ。他でもない藩主の姫なのだからな」

「わ、わかりました……」

いつになく厳しい玄庵の目に、栄之助もややたじろぎながら頷いた。

無理もない。栄之助が間違いを起こせば、玄庵どころか一族の全てが取り潰《つぶ》しになるだろう。

「むろん楓をつける。もしもお前が、姫君に何か無礼を働こうとすれば、即刻斬るように言い含めた。そうなれば、お前一人が血迷ったこととなろう」

「わあ……、嬉しいような恐いような……」

「よいか、冗談ではないぞ」

「承知しました。私も元は藩士の端くれ、くれぐれも粗相《そそう》なきようお勤めして参ります」

「うむ。頼むぞ」

玄庵に念を押され、栄之助は緊張の面持ちで離れの自室へと戻った。

すでに楓が夜具の支度をして待っている。栄之助も寝巻に着替え、布団に横になった。

「明日から姫の側にいることになった。よろしく頼むぞ」

「はい」

「先生から、聞き及んでいるだろう」

「何をでございます?」

「もしも私が姫君に淫気を催し、狼藉に及ぼうとしたら、私を一刀のもとに斬るとの仰せを」

「はい」

楓は表情も変えず、枕許に端座したまま答えた。

「そのような事はないとは思うが、万一のときは、心の臓か喉を一突きにし、苦しまぬよう始末をつけてくれよ」

栄之助は言いながら、楓が「そのようなこと仰らないで!」と涙ぐみながら縋《すが》り付いてくることを期待した。しかし彼女は、

「むろん、承知してございます。決して仕損じは致しませぬ」

重々しく頷くばかりだった。

栄之助はあらためて、彼女がくノ一であることを思い知り、ゾクリと背筋を寒くした。

今まで、あれほど仲睦まじく、夫婦同然に接していたのに、いざ役目となればためらいな

く彼女は自分を殺すのだろうと思うと恐ろしくもあり、また楓の別の面を見たようで新鮮な思いもした。

「そなたに殺されるかもしれぬのに、何故か立ってしまった」

栄之助は寝巻の前を開き、下帯を解いて一物を露わにした。

「明日のお勤めのため、今宵は早くおやすみなさいませ」

「今夜出しておかねば、明日も淫気が溜まり、姫に狼藉するかもしれぬぞ」

言うと、楓は苦笑しながら近づき、やんわりと一物を握った。

「私には、どちらでも良いことなのです」

楓が、やわやわと揉みながら言う。

「なにが？」

「どうせ、栄之助さまを殺《あや》めれば、私も続いて死ぬだけなのですから」

「そうか……」

その覚悟があるから、楓は戯れの喩《たと》え話に泣きもせず落ち着いていられるのだった。

「私の主君は殿様でも姫君でもないのです。大先生と、栄之助さまだけです」

言ってはにかむと、楓はすぐに屈み込んで、パクッと先端を含んだ。

栄之助は、うっとりと身を投げ出し、楓の温かな口の中で、清らかな唾液にまみれながら全てを任せた。

楓の唇は、歯を当てぬようモグモグと艶めかしい動きをし、内部ではクチュクチュと柔らかく濡れた舌が這い回った。それは円を描くように雁首を舐め回し、さらに断続的な吸引をしながら、指は根元や陰嚢を心地好く弄んでくれた。

「か、楓のも、舐めたい……」

言いながら彼女の下半身を引き寄せると、楓は含んだまま、ためらいがちに上から栄之助の顔を跨いできた。

何度させても楓は栄之助の顔を跨ぐことを躊躇《ちゅうちょ》し、その仕草が何とも可愛いのだった。

栄之助は彼女の裾をまくり、白く丸い尻を露出させた。伸び上がって尻の谷間に鼻を埋めると、うっすらとした汗の匂いと秘めやかな匂いが入り混じって鼻腔を刺激してきた。

栄之助は息を弾ませて楓の肛門を舐め回し、細かな襞の震えと収縮を味わった。

さらにヌルッとした滑らかな内部の粘膜まで舐め回してから、舌先をワレメへと移動させていった。

もう陰門は大洪水で、栄之助は嬉々として淫水をすすり、オサネにも吸いついた。

「く……！」

含んだまま楓が呻き、栄之助の股間に熱い息を籠もらせながら反射的にチュッと強く吸いついてきた。

「か、楓に、入れたい……」

昇りつめる前に口走ると、すぐに楓もチュパッと口を離して身を起こし、こちらに向き直ってきた。そしてあらためて仰向けの彼の股間に跨り、上から肉棒を秘所に納めていった。

「あ……」

楓が小さく声を洩らし、ヌルヌルッと肉壺の深くに呑み込みながら座り込んできた。

栄之助自身は、一気に根元まで深々と潜り込み、温かく濡れた柔肉にキュッと締め付けられた。

楓は上体を起こしたまま、何度か股間を上下させたが、栄之助が抱き寄せるとすぐに身を重ね、ワレメをこすり上げるようにしながら動きを続けた。

栄之助も、下から股間を突き上げながら楓の唇を求めた。

柔らかな口を吸い、楓の甘酸っぱい匂いの吐息で胸を満たしながら、温かな唾液で喉を潤した。

「い、いく……!」

たちまち大きな快感に貫かれ、栄之助は口走りながら絶頂に達してしまった。

「あぁッ……！」

楓も声を殺しながら喘ぎ、内部をキュッキュッと悩ましく収縮させた。ほぼ同時に彼女も気を遣り、全身をガクガク波打たせながら、最後の一滴まで栄之助の精汁を受け止めてくれた。

「栄之助さま……、好き……」

楓が耳元で熱く囁き、栄之助は駄目押しの一滴をドクンと脈打たせ、そのままグッタリと力を抜いた。そして楓の吐息を嗅ぎながら快感の余韻に浸り、あとの記憶がないほど満足して、そのまま眠ってしまったようだった……。

——翌朝、栄之助は真新しい縫腋に身を固め、脇差を差して登城した。楓も、医師の付き添いとして同じ服装である。

やがて姫を乗せた駕籠が城を出て、二人もその行列に加わった。まだ姫とのお目見えはしていない。行列は、姫の側女や奥女中など女が多く、それに警備の武士が周囲を固めていた。

しかし距離はさほどでもなく、城から南の海岸ぞいにある御幸《みゆき》ヶ浜《はま》屋敷まで、ものの半里にも満たない近さだった。松並木に囲まれ、浜に面した御幸ヶ浜屋敷は城主の別荘で、諸国の重要な客を招く場所でもあった。

屋敷に着くと、清姫は見晴らしの良い二階の奥座敷に入り、階下の厨《くりや》では女たちが甲斐甲斐しく火を起こして食事の支度をした。警護の武士も階下に侍《はべ》り、二階は姫と一部の奥女中、そして御典医の代理である栄之助と付き添いの楓だけとなった。

姫の居室には蚊遣りが焚《た》かれ、いつでも横になれるよう床が敷かれて、侍女のいる次の間との境には御簾《みす》が掛けられていた。

二階に厠はなく、いちいち姫に階段の昇り降りをさせるわけにもいかないので、栄之助は奥女中より、蒔絵《まきえ》の美しい御用箱を預かっていた。もちろん用を足すときは別室の四畳半を使い、その時だけは栄之助と姫は二人きりになれるだろう。

浜に面した障子を開ければ風通しが良く、潮騒が心地好く響いている。ここなら、姫の気鬱も良くなるだろうと思われた。

何しろ姫も、今秋には祝言を挙げることとなっている。縁戚に当たる、やや格下の大名から婿《むこ》を取ることが決まっているのだ。格下ながら、その藩は絹織物の産地で、双方の産業の交流には欠かせない相手だった。

だからそれまで、清姫には万全の健康管理を行なっておかねばならない。

そして栄之助も、ようやく姫と再会することとなった。

第六章　色道極意書

一

「栄之助！　会いたかった」

清姫が顔を輝かせ、今にも栄之助に飛びつきそうに身を乗り出して言った。

「姫様には、ご機嫌麗《うるわ》しく……」

「エエイ、堅苦しい挨拶《あいさつ》など要らぬ。もっと近う」

言われて栄之助はにじり寄り、ようやく恐る恐る顔を上げて姫の顔を見た。前は、厠の上と下で相まみえただけだが、こうして正面から見るのは初めてで、その美しさは眩《まぶ》しいばかりだった。

目に鮮やかな色模様の振袖と、長い黒髪が艶々と彩《いろど》りを添え、うっすらと白粉《おしろい》の塗られた顔には、霞《かす》むような眉墨が刷《は》かれ、光沢のある紅をさした口からは、白い歯が覗いている。

清姫は、次の間にいる女中たちも下がらせてしまった。残るは、御簾の向こうに端座している楓だけである。

「あのものは」

「は。私の付き添いで楓と申します」

「構わぬ。下がらせろ」

姫が言い、栄之助が振り返って頷くと、楓は深々と辞儀をして次の間から立ち去っていった。もちろん、くノ一のことだから下がったと見せかけて、どこからか様子を窺《うかが》っているのだろう。

「もっと近うへ。さあ、脈を取ってたも」

「姫様は、気鬱の病とか」

栄之助はさらに近づき、姫の細く白い手首を握った。脈の取り方などろくに分からぬが見よう見まねで行なった。しかし憧れの姫の手を握り、自分の脈の方が速くなってしまった。

「そうじゃ。床に入っても、おいたばかりしてしまう。前は、何も考えずにしたが、今は栄之助のことばかり思うて、胸が苦しいのじゃ……」

姫が声をひそめ、熱っぽい眼差しで栄之助を近々と見つめた。

これが、英泉の言うところの寝気労であろうと栄之助は思った。

ほんのりと、甘い匂いがする。白粉と、黒髪の香り、それに興奮に弾《はず》みがちな姫の吐息であろう。

栄之助は、夢でも見ているように全身がフワフワとし、感激と興奮に舞い上がっていたが、懸命に冷静になろうと努めて姫から手を離した。

それでも痛いほど股間が突っ張っているから、さらに栄之助は見よう見まねで、診察の範囲を出ぬよう注意しながら姫の目や口を調べた。

「ご無礼」

断わってから、そっと頰に手を当てて眼球を調べ、口を開かせた。

姫も、素直にされるままになっている。

小さめの口が開かれると、赤く濡れた舌が妖《あや》しく蠢《うごめ》いていた。さすがに白い歯並びは綺麗で、虫歯一本見当たらず、湿り気を含んだ呼気が楓に似てほんのり甘酸っぱく香った。

栄之助が顔を寄せているので、とうとう姫もうっとりしたまま、彼の頰に両手で触れてきた。

「口を、吸ってたも……」

姫が、消え入りそうな声で囁く。

栄之助も欲望に負け、そのままピッタリと唇を重ねていってしまった。楓が見ているかもしれぬが、挿入するような素振りさえ見せなければ斬られることはないだろう。

「ンン……」

姫が熱い息で呻き、グイグイと押し付けてきた。

栄之助は、ぷっくりと弾力のある唇の感触と、かぐわしい甘酸っぱい息を味わいながら、そろそろと舌を差し入れていった。

滑らかな歯並びを舌で左右にたどると、間もなく姫の前歯も開かれ、チロリと舌が触れてきた。栄之助は内部まで侵入し、甘く濡れた口の中をクチュクチュと舐め回し、姫の柔らかな舌を弄《もてあそ》んだ。

すると姫は急にグッタリと栄之助に寄りかかって、ヒクヒクと肌を痙攣《けいれん》させはじめた。

どうやら口吸いだけで、早くも気を遣ってしまったようだった。

「アア……、なんて、美味《おい》しい……」

唇を離すと、姫が切れぎれの息とともに呟き、そのまま力尽きたように布団に横たわった。

「栄之助……、胸が苦しい。診《み》てたもれ……」

姫は自ら着物の胸を開いてきた。栄之助も屈み込んで、中の薄絹の襦袢《じゅばん》もくつろげた。

白く滑らかな肌が現われ、形良い乳房がはみ出してきた。乳首も乳輪も初々しく、肌色と紛うばかりの淡い色合いだった。

「どのあたりです？」

「ここ……、ここを撫《な》でて……」

姫が栄之助の手を取り、自らの膨らみへと押し当てた。

柔らかな張りと弾力が手のひらに伝わり、さらに奥の忙しい鼓動までが感じられた。

「こうですか」

「もっと強う……」

姫は、手を重ねてグイグイと自らの乳房に彼の手を押し付けた。

コリコリと固くなった乳首が当たった。栄之助は、そっと乳首を撫で、軽く指でつまんだ。

「アア……、もっと……」

姫がハアハア喘ぎながら身悶え、栄之助はとうとう屈み込んでチュッと乳首に吸いついてしまった。

「く……、よい気持ちじゃ……」

姫が激しく喘ぎ、両手で強く栄之助の顔を抱え込んだ。胸元や、着物の内からはほんのりと甘ったるい、控えめで上品な体臭が漂ってきた。

（これが、雲の上の姫さまの匂いなのだ……）

栄之助は感激に胸を震わせ、乳首を舌で転がしながら何度も深呼吸した。

再び姫の全身に絶頂の波が襲い、ヒクヒクと小刻みな痙攣が繰り返された。

栄之助が今までに体験した、どの女性よりも感じやすく、快感に素直な身体と心を持っているようだった。

栄之助は身を起こし、しばし身悶える姫を見守っていた。

「え、栄之助……、すごく濡れてきた……。何とか鎮めてくりゃれ……」

「しかし、ここでは……」

秘所まで露わにするとなると、診察にかこつけるわけにいかない。覗いている楓の黙認にも限度があろう。

「ならば厠へ……」

姫が言い、身を起こした。

栄之助もフラつく姫を支えながら、御用箱が置かれている別室へと移動した。

四畳半に入ると、姫はすぐにも裾をからげ、ためらいなく秘所を丸出しにして座り込んだ。幼い頃から側女《そばめ》に見られているから、羞恥心などはとうに超越してしまっているのだろう。

もちろん小用など催していないだろうから、栄之助もすぐに姫の望みどおり、その白い内腿の間に顔を潜り込ませていった。

淡い茂みに鼻を埋めると、懐かしく、何とも馥郁たる香りが鼻腔に満ちてきた。汗と尿の匂いには違いないのに、やはり日頃食しているものから段違いだから成分も異なっているのだろう。それは鼻腔に柔らかくふっくらと広がるような、えもいわれぬ良い匂いだった。

割れ目も初々しいが、溢れる蜜汁は大量で、今にもお尻の方にまでトロリと滴りそうになっていた。

舌を差し入れてヌメリを舐め上げると、

「あう……！」

姫が奥歯を噛み締め、声を洩らして内腿を強ばらせた。

姫の淫水は微かな粘り気と、うっすらとした酸味があり、ヌルヌルする感触が舌に心地よかった。

栄之助は執拗《しつよう》に内部を舐め回し、さらに薄桃色の菊座まで丁寧に味わった。うっすらとした匂いも懐かしく、栄之助は激しく胸を高鳴らせた。そして再びワレメをたどってオサネを舐め上げていった。

「く……、そ、そこ、もっと……」

姫が声を上ずらせてせがんだが、さすがに大きな声を上げるようなことはなかった。

栄之助は指を当ててそっと包皮をめくり、完全に露出したオサネに舌先を集中させた。

「アア……！」

姫はたちまちガクガクと全身を震わせ、何度目かの絶頂の波を受け止めているようだった。淫水は後から後から湧き出し、たまに腰がビクッと跳ね上がった。

「も、もうよい……」

やがて姫が力尽きたように言い、栄之助もすぐ顔を上げた。あまりに激しく気を遣り過ぎ、それ以上の刺激が苦痛になってきたのだろう。

姫は横たわったままグッタリと身を投げ出し、荒い呼吸を繰り返していた。

もちろん栄之助は奉仕するばかりで、自分の射精は念頭から外しておかねばならなかった。

ようやく呼吸を整え、姫がノロノロ起き上がるのを栄之助が助けた。

「し、尿がしたい……」

「畏《かしこ》まりました」

栄之助は御用箱を手にしようとしたが、ふと思い立ち畳に仰向けになった。

「お願いでございます。どうか私めの口に……」

恥ずかしくも畏れ多い要求に、栄之助は言いながら思わず射精しそうになるほど興奮した。

「よいのか。不浄なものを口にしたりして……」

「姫さまから出るものに、不浄なものはございません。どうか」

「ならば、好きにしや」

姫も、淫らな行為と激しい快感の余韻で、深く考えることもなく応じた。さんざん秘所を舐められたから、その体勢も不自然ではないし、それに以前も厠で栄之助の方に向けて排泄しているのである。

姫はゆっくりと栄之助の顔を跨いで、まだ濡れているワレメをピッタリと彼の口に押し当ててきた。

栄之助は期待と興奮に胸を弾ませ、息を詰める姫の顔を見上げて待った。

「よいか……」

姫が呟くように言うと間もなく、栄之助の口にチョロッと温かなものが注ぎ込まれてきた。栄之助は夢中で飲み込み、続けて出てくるものを受け止めた。仰向けで飲みにくいが、咳き込んだりするわけにもいかず、味も匂いも確かめる余裕すらなく、流れの勢いは次第に増してきた。

それでも流れは長く続かず、間もなく勢いも弱まって、徐々に味わうことが出来るようになった。

ようやく出しきると、姫は小さく息をつき、内腿をピクンと震わせた。

栄之助も全て飲み干し、口に残る淡い味と香りを噛み締めながら、ビショビショになっているワレメ内部を隅々まで舐め回し、余りの雫をすすった。

たちまち尿の味と匂いが薄れて、新たな淫水のヌルッとした感触が顕著になってきた。

「あ……」

姫が小さく喘ぎ、懸命に腰を浮かせて彼の口から股間を引き離した。もう、これ以上快感を得ると、腰が立たなくなるとでも思ったのだろう。

栄之助も身を起こし、懐紙で姫の股間を丁寧に拭ってやった。

「栄之助。私は、そなたと交わりたい……」

身繕いしながら、姫が思い詰めた眼差しで言った。

「そ、そればかりは叶いませぬ……」

「なぜだ。二人だけの秘密にしておきたい。わらわは間もなく、まだ顔も知らぬ男と夫婦《めおと》の契《ちぎ》りを交わさなくてはならぬ。せめてその前に一度だけ、好きな男と思いを遂げて何が悪い」

「し、しかし……」

「何か、よい思案はないか。それが叶わねば、わらわの気鬱は治らぬ」

姫は言い、やがて栄之助に宥《なだ》められながら一緒に奥座敷へと戻っていった。

二

「手だては、一つだけあります」

楓が言った。

夜半、姫の眠る次の間で、栄之助は床を敷いて横になっていた。

やはり楓は、栄之助の行動を全て見て、姫との会話も聞いていたのだろう。だから楓は栄之助の狼藉《ろうぜき》を諫《いさ》めるより、他の人が来ぬよう見張ってくれていたのである。

楓の忠義は城主や姫ではなく、あくまでも栄之助に向けられ、彼の姫に対する行為が他に知られない限り、栄之助を斬るようなことはないのだった。

「手だてとは……？」

「栄之助さまが、姫さまと契る手だてでございます」

楓は、表情一つ変えずに言った。

彼女は、やはりくノ一だった。いかに親密になろうとも、栄之助の妻になろうなどとは夢にも思わず、もちろん他の女性に嫉妬もせず、ただ栄之助の思いを遂げることに全力を挙げて助けようとしているのである。

そして同じ女として、清姫の切なる思いにも同情しているのだろう。

「え……？　そんなことができるのか」

「はい。私と姫さまが入れ替わればよろしいのです」

「なんと……！」

栄之助は目を見張った。そして楓は、具体的な方法を耳打ちしてきた……。


――翌日。朝食の後に姫が厠に立ち、栄之助が付き添った。

今度は姫も御用箱を跨ぎ、栄之助の前でも遠慮なく大小の排泄をした。

ほのかな香りにゾクゾクと興奮しながら、栄之助は姫の出したものを観察し、健康状態を確かめた。

そして用を足し終わると、栄之助は姫の前と後ろを丁寧に拭ってやった。舐めたかったが、今日の姫は思い詰めた感じで、そのような気分ではないらしい。

「思案したか。このような狭い場所で隠れてするのは、もう気が狂いそうじゃ」

姫が焦《じ》れたように言う。

「そのことでございます。実は、よい手だてが」

栄之助は、姫に計画を耳打ちした。すると、みるみる姫の口元に笑みがこぼれ、顔にも生気が戻ってきた。

「それは面白い。だが楓とやら、うまくわらわに化けられるかの」

「大丈夫です。その代わり、お屋敷を抜け出してから少々お歩きになりますが」

「構わぬ。待ちきれぬ思いじゃ」

「では、昼餉が済みましたら御用意を」

栄之助は言い含め、一緒に厠代わりの小部屋を出た。

そして姫は奥座敷に戻り、栄之助は御用箱を持って中庭へと出て、井戸端で御用箱を洗い流した。

すると女中たちが、栄之助が汚物も厭《いと》わず洗うのを見て、感心して話しかけてきた。

「ほんに榊さまは、よう尽くして下さいます」

「おかげで姫さまの食も進み、顔色も良うなってございます」

栄之助は、洗った御用箱を丁寧に拭き清めながら答えた。

「ええ。でも気鬱の病は油断できません。見立てにより、今日は少しの間いとまを頂き、城下の薬問屋に行って安息湯《あんそくとう》を求めて参りますゆえ」

「左様ですか。では駕籠を用意しておきましょう。どうかお気をつけて」

「はい。夕餉までには必ず戻りますので」

栄之助は言い、御用箱を持っていったん二階に戻った。

やがて昼となり、食事を終えると、計画どおり二階から全ての女中を追い払い、姫と楓は衣装を替えた。

姫は化粧を落として眉を書き、長い髪を後ろで束ねて楓に似せた。楓も、束ねていた髪を下ろして化粧を施し、本人と見間違うほどに化けてしまった。楓は、さすがに姫の口調や仕草を観察して、声色《こわいろ》まで使うようだ。

「よろしいですね？　姫さま。これからは人前では楓と呼びますよ。なるべく活発にお立ち振舞いなさいますように」

栄之助が言うと、やはり初めての冒険にウキウキしているのだろう。姫は元気よく頷いた。

「分かった。楓、礼を言うぞ」

「姫さまも、お気をつけて」

女同士は礼を交わし、やがて手筈どおり奥女中を呼んだ。

女中が来ると、姫になり替わった楓が言う。

「今日は疲れているので午睡を取る。夕餉の刻限になったら声をかけてくれ」

「畏まりましてございます」

女中も、それが楓とは夢にも思わず、御簾越しに深々と礼をした。

そして女中と一緒に栄之助は、楓に化けた姫と階下へ降りた。

「では、薬問屋に行って参ります。夕刻には戻りますので、姫さまをお起こしなさいませぬように、よろしく」

栄之助が言うと、女中たちや警護の武士たちが、二人を見送ってくれた。姫は、外に出るとすぐに楓の笠をかぶったので、誰一人疑うものはいなかった。

御幸ヶ浜屋敷を出ると、二人は用意されていた駕籠に乗って城下の町へと戻った。

「アア、いい気持ち……」

駕籠を降りると姫は手足を伸ばし、珍しげに並んでいる商店を眺めた。

その表情は生き生きとし、あるいはこのまま伸び伸びと市井を見学して気が済んでしまうのではないかと思ったほどだった。

しかし、すぐに姫は栄之助に寄り添って耳打ちした。

「待てぬ。早う……」

「はい、ではあれへ」

栄之助は答え、姫を出会い茶屋へと連れ込んだ。

奥の座敷に通されると、栄之助は女中に心付けを渡した。

窓の外は神社の森で、誰かに覗かれる恐れもなく、静かな部屋だった。

「さあ、これでこの部屋には誰も来ません。夕刻まで、何をしようと、どんな声を出そうと平気でございます」

「嬉しい……」

姫は笠を置き、すぐにも栄之助に抱きついて唇を求めてきた。

三

「さあ、男がどのようなものか、見せてたもれ……」

長いこと唇を重ね舌をからめたあと、姫はぼうっとした眼差しになって言った。

栄之助が着物を脱ぎはじめると、すぐに姫ももどかしげに楓の衣装を脱ぎ捨てた。化粧を落としても姫の美貌は変わらず、やはり市井の娘とは質を異にした、滲み出るような気品が感じられた。

やがて互いに一糸まとわぬ全裸となり、敷かれている布団に横たわった。

姫は栄之助の肌を撫で、半身を起こして彼の股間に熱い眼差しを注いだ。栄之助は、やや緊張気味ながら、もちろん一物は最大限に屹立していた。

「大きい……。これがわらわを貫くのか。壊れはせぬか……」

「はい。大丈夫です」

栄之助は、期待に胸を震わせて答えた。

万々一、姫が孕むようなことがあっても、間もなく婚礼だから、誰もが新たな夫婦の子と思ってくれるだろう。家臣としては不忠かもしれぬが、これは姫が望んだことなのである。

恐る恐る姫が手を伸ばし、幹に触れてきた。

「変わった形だが、栄之助のものと思うと愛しくて堪らぬ……」

姫は両手で押し包み、張り詰めた先端を撫で回し、袋を持ち上げて肛門の方まで覗き込んできた。

「どのようにすれば栄之助は喜ぶのか」

「はい。入れやすいように、唾を垂らして下さいませ」

期待を込めて言うと、姫は屈み込んで僅かに唾を垂らし、そのまま唇を押し付けてきた。

「あ……！」

栄之助が声を洩らし、ピクンと幹を震わせると、

「やはり、舐められるのが良いのか」

姫が顔を上げて言う。自分も舐められて極楽気分になるから、栄之助も同じと思ったようだった。

「い、いえ、それはあまりに畏れ多いですから……」

「構わぬ」

姫は再び口をつけ、ヌラリと先端を舐め回した。さらに幹を舐めおり、ぎこちないながら袋までしゃぶり、小さな口を精いっぱい開いてスッポリと先端を含み込んできた。

栄之助はじっとしていられないほど身悶え、姫の温かな口の中で唾液にまみれながらジワジワと高まっていった。

いま、自分はどんな家臣より、いや、姫の夫になる男よりも上にいるのだと思い、その感激が、肉体への快感より大きかった。おそらく婚礼を終えても、姫は夫にこのような愛

撫はしないに違いない。してもらっているのは、この世にたった一人、自分だけなのだと思った。

姫は無邪気にチュッチュッと吸い付き、先端を執拗に舐め回した。

「も、もう……」

栄之助は危うくなり、身を起こして姫の口を離した。このうえ口の中に射精までしたら、いくら何でも家臣としての栄之助の精神が崩壊してしまう。

姫も素直に上下入れ替わって、仰向けになった。

栄之助は上から屈み込み、姫の両の乳首を交互に吸い、腋《わき》の下にも顔を埋めて、汗の匂いを胸いっぱいに嗅いだ。さすがに冒険して街を歩いたので、姫の全身は汗ばんで甘い匂いに満ちていた。

そして柔肌を舐め下り、栄之助は姫の足の裏から指の股まで念入りにしゃぶった。

「ああ……、くすぐったい……」

姫がクネクネと身悶え、栄之助の口の中でキュッと爪先を縮めた。このように清らかな姫でも、指の股はうっすらと匂いが籠もり、淡くしょっぱい味が感じられるのが嬉しかった。

栄之助は両足とも、味も匂いも消え去るまで賞味してから、やがてスベスベの脚の内側を舐め上げていった。

内腿の間に顔を進め、中心部に迫ると、早くも悩ましい熱気と湿り気が顔に吹き付けてくるようだった。僅かに開いたワレメの内側からは薄桃色のお肉が覗き、溢れた淫水がヌラヌラと妖しい光沢を放っていた。

茂みの丘に鼻を埋め込むと、いつになく濃い芳香が感じられた。

舌を這わせ、内部をクチュクチュと掻き回すように舐めると、淫水はどんどん湧き出して舌の動きを滑らかにした。そして脚を抱え上げて、丁寧に菊座を舐め回し、ヌルッと内部にまで差し入れて味わってから、ゆっくりとオサネまで舐め上げていった。

「ああッ……、よい気持ちじゃ……！」

姫がビクッと下腹を波打たせて口走り、逃がさぬかのようにムッチリと内腿で彼の顔を締めつけてきた。

栄之助は、下から上へ大胆に舐めたり、あるいは舌先を小刻みに左右に動かしたり、様々に緩急をつけて愛撫し続けた。

「アア……、は、早く、お前と一つになりたい……」

姫が、ガクガクと腰を跳ね上げて口走った。

(本当に、良いのだろうか……)

栄之助は、いよいよ挿入の段になって一抹《いちまつ》のためらいを覚えた。何と言っても家臣の一人として、幼い頃から叩き込まれている雲上人という意識がある。

(しかし、姫が切に望んでいることだ……)

栄之助は、自分の欲望をそのように納得させ、やがて顔を離し身を起こしていった。

姫はすっかり受け入れる覚悟を決め、目を閉じて身を投げ出していた。

栄之助は股間を進め、先端を熱く濡れているワレメに押し当てた。位置を定め、そのままゆっくりと挿入していった。

張り詰めた鴈首が、狭い新鉢の陰門をヌルッと丸く押し広げて潜り込むと、

「く……！」

姫が微かに眉をひそめて呻いた。

いちばん太い部分が入ってしまうと、あとは滑らかにヌルヌルッと一気に根元まで吸い込まれ、栄之助はピッタリと股間同士を密着させて身を重ねた。

中は熱く燃えるようで、栄之助自身はキュッと心地好く締め付けられた。

「大丈夫ですか？」

「大事ない……、もっと、乱暴に……」

「それはなりません。壊れてしまいます」

「戦国の世では、落城すると姫が多くの荒くれに犯されると聞く。そのように、荒々しくしてほしい……」

姫が、切れぎれの息とともに囁く。彼女なりに、今までそのような夢物語を思い描いては、自身を慰めていたのだろう。

栄之助は、小刻みに腰を突き動かしはじめた。ヌメった柔肉が心地好い摩擦を伝え、姫への思い入れも手伝って、彼は急激に高まってきた。

「アアッ……、もっと強う……」

姫が顔をのけぞらせて口走り、自分からも股間を突き上げてきた。

陰門は狭いが淫水が大量のため動きは実に滑らかで、動くたびにクチュクチュと淫らに湿った音が響いた。

栄之助は律動しながら屈み込み、姫の可憐な乳首を吸い、さらに伸び上がって甘く濡れた口を舐め回した。

姫も激しく舌をからめ、かぐわしく甘酸っぱい息を弾ませた。

もう限界だった。栄之助はいつしか股間をぶつけるように乱暴に動きながら、たちまち溶けてしまうような大きな快感に包み込まれた。

「う……！」

短く呻き、栄之助は姫の匂いと温もりに包まれながら、ドクンドクンと強かに精を放った。

「ああ……、感じる……」

内部に満ちる精汁の熱さを感じ取ったように、姫が言った。

栄之助は最後の一滴まで放出し尽くし、ようやく動きを止めた。もちろん姫に体重をかけるわけにもいかぬから、重くならないように身体を支え、姫の甘酸っぱい吐息を間近に感じながらうっとりと余韻に浸り込んだ。

「これが、交合うということなのか……」

姫も、感無量といった感じで囁いた。

まだ入ったままの肉棒が、思い出したようにキュッときつく締め上げられ、しばらくは離してくれそうもなく、姫も下からシッカリと両手を回してしがみついていた。

ようやく身を離して調べてみたが、幸い姫は出血していなかった。やはり自分でいじることが頻繁だったせいもあり、すっかり肉体は成熟していたのだろう。

やがて夕刻まで、栄之助はもう一度、時間をかけてゆっくりと姫と交わったのだった。

四

「父上、母上、お久しゅう。ただいま戻りましてございます」

新三郎が江戸から帰ってきた。もう秋口にさしかかっている。

美也は、両親とともに城下の旅籠に逗留しているようだ。あらためて許しを得てから、祝言を挙げるのだろう。

これにて玄庵の代理を務めていた栄之助も、姫の健康管理の職を解かれたのである。

あれから姫も、すっかり気鬱の病も癒えて城に戻り、婿を取る準備に入ったようだ。栄之助への未練もあるだろうが、城へ戻れば姫としての自覚に目覚めるであろう。

栄之助は再び画業に戻り、楓はもとより新玉町のおさとや、寿町のおりんとそれぞれ情を交わしては絵を描き、仕事と性技に磨きをかけていた。

特に楓には、化けられることを知ってから姫の扮装をさせて抱くこともあり、栄之助は充実した毎日を送っていた。

そして後日、玄庵の屋敷で新三郎と美也の祝言が執《と》り行なわれた。

美也の父親は浪人で、今は寺子屋の師匠をしている。祝言を終えると、彼は妻とともに箱根へと湯治に出かけていった。

「先生。そろそろ私もお屋敷を出ようと思うのですが」

栄之助は、玄庵に言った。

新婚夫婦も住むようになり、栄之助はいつまでも離れに厄介になっているわけにもいかないと思ったのである。

「あ、いやいや、それには及ばぬ」

玄庵は笑顔で答えた。隠居したばかりで肩の荷も下り、好きな仕事に専念できるのが嬉しいのだろう。

「もう間もなく、お前の挿絵のおかげで婦人病の書も完成するし、艶学のまとめもあと一息であろう」

「はい。もう半月もすれば、全て仕上がります」

「そうしたら、一緒に江戸へ行こう。楓と三人で」

「ほ、本当でございますか！」

栄之助は身を乗り出した。

「ああ。この二冊の書は、やはりより多くの人に買って読んでもらいたい。それには江戸が一番だ」

確かに、この藩ではまだまだ質実剛健の気風が残り、また人も少ないので多く売れるとは思えない。その点江戸なら、おそらく飛ぶように売れることだろう。

それに玄庵にしてみれば、せっかく隠居して自由になったのだから、嫉妬心の強い老妻のもとを離れて伸び伸び暮らしたいようだった。

栄之助も、また北斎や英泉と会えるのが嬉しかった。

「だから、今しばらくここで完成を急ごうではないか」

「承知いたしました。では残りの作業に専念させて頂きます」

栄之助は深々と頭を下げ、離れへ戻って彩色の仕事に打ち込んだ。

その翌日、栄之助は美也に誘われて城下を案内することになった。

「賑やかですね」

「ええ。でも江戸に比べたらまだまだです」

それでも美也は、珍しげに土産物屋を覗いていた。

嫁して十日あまり、すっかり新造ぶりも板についてきた。姑のせんは厳しいが、決して情のない人ではないし、美也の甲斐甲斐しい働きぶりと美貌に多くの弟子たちも慕うようになっていた。

「浪人、平田深喜はあれからどうなりました」

「労咳の発作は小康を得たので、道場主が後見となって引き取ってゆきました。お酒を控えれば元に戻るでしょう」

「そうですか。で、新三郎さんの方はいかがです？」

栄之助は、気になっていたことを訊ねた。いかに堅物でも、祝言を挙げたのだから手を出さぬはずもないが、今は奥医師として毎日城に詰めているので忙しいようだ。

「ええ……、それにつきまして少々ご相談が……」

美也はモジモジと言いながら、周囲を見回した。

栄之助も察し、出会い茶屋へと彼女を誘った。やはり離れでは楓の目があり、また弟子たちも増えているのでどんな噂《うわさ》にならないとも限らない。

「ここなら、ゆっくりお話しできるでしょう」

密室に入り、栄之助は期待に胸を弾ませて言った。

恩師の息子の嫁ではあるが、姫とさえ関係を持ってしまった栄之助だ。今はためらいよりも、禁断の興奮の方が激しかった。

「それで、夜の方はどうなのです？」

栄之助は茶を飲み、敷かれている布団に座っていきなり本題に入った。

「はい。江戸にいる頃に一度。そして祝言を挙げてから一度ございました」

「まだ、たったの二回ですか？」

「はい……」

「まあ、忙しい人だから。それで、したときは充分に舐めたり舐められたり？」

「口を吸われて、すぐに入れられました」

「そ、それだけ……？」

どうやら新三郎は淡泊で、双方が口による愛撫を行なうなど最初から念頭にないのかもしれなかった。多くの病人を相手にしているため衛生を問題にしているというより、もともとそうした欲望が薄いのだろう。

美也の方からも、とても肉棒にしゃぶりつくような行為はできないし、ずっと不満が溜まっているようだった。

「ですから、ろくに濡れもしないうちに入れられ、少々痛うございました」

「そうでしょうとも。本当に玄庵先生の息子なのかな。困ったお人だ」

「それだけに、榊さまとの思い出が恋しうてなりません。でも私は、本当に淫らでいけない女ですね」

美也は、内に疼《うず》く欲望と、人の妻という立場の狭間でうなだれた。しかし、その横顔が何とも匂うように色っぽい。

「そんなことはない。私のようなものでよろしければ何でもいたしますし、それによって気鬱が解消されれば、いっそう奥医師の妻としての役目にも励めるというものでしょう」

栄之助は言いながら立ち上がり、着物を脱ぎはじめた。もう充分に、美也の興奮は伝わっていた。そして彼女も姫と同じく、一種の寝気労なのだろうと栄之助は思った。

しかも栄之助は、この新造を思いきり責めてみたくなってきた。姫君にできなかったようなことを、美也にぶつけてみたい気がしたのだ。

栄之助はいきなり全裸になり、座ったまま呆然と成り行きを見守っている美也に迫った。そしてピンピンに屹立している肉棒を、立ったまま彼女の鼻先に突きつけたのだ。

「ああっ……」

美也は欲情に負けたように声を洩らし、目の前に迫る肉棒に熱っぽく頬ずりしてきた。両手で押しつつむように幹を支え、尿道口から滲む粘液をペロペロと舐め取った。さらに丸く開いた口でスッポリと喉の奥まで呑み込み、温かな口の中でクチュクチュと舌を蠢かせた。

栄之助は、熱い息に茂みをくすぐられ、清らかな唾液にまみれながら最大限に膨張していった。美也も一切のためらいを捨てたように我を忘れ、お行儀悪く口いっぱいに頬張って、音を立てて吸いついた。

やがて高まる前に、栄之助はヌルッと美也の口から引き抜いた。

「さあ、脱いでください」

言うと、美也も立ち上がってノロノロと帯を解きはじめた。そして腰巻を取り去って全裸になると、自分から布団に仰向けになった。

栄之助は屈み込み、見事な膨らみを持つ乳房を揉みしだきながらピッタリと唇を重ねていった。

「ンンッ……！」

美也も、すぐに熱く甘い息を弾ませて舌をからめ、激しい勢いでしがみついてきた。

栄之助は人妻の甘く濡れた口の中を舐め回し、トロリとした唾液で喉を潤した。そのまま白い首筋を舐め下りて乳首を含み、肌から立ち昇る甘ったるい汗の匂いで胸をいっぱいに満たした。

コリコリと固くなった乳首を吸い、軽く嚙み、両方とも充分に味わってから、腋毛にも鼻を押し当てて女の匂いを吸い込んだ。

喘ぐ口が実に艶めかしい。赤い唇と舌、薄桃色の歯茎とお歯黒の兼合いが鮮やかで、どれも唾液のヌメリで妖しい光沢を放っていた。

栄之助は、脇腹から腹部へと舌で這い下りていった。臍《へそ》は、四方から均等に肌が張り詰め、形良い丸型をしていた。美也の肌は吸い付くようで、骨など無いかのような柔らかさと弾力に満ち満ちている。

肝心な部分は後回しにし、栄之助は彼女の腰からムッチリとした太腿を舐め下りてゆき足の裏まで舐め回した。汗と脂に湿り気を帯びた足指の股も、両方とも充分に味と匂いを堪能してしゃぶり尽くしてから、ようやく美也を大股開きにさせた。

黒々とした茂みが息遣いとともに震え、はみ出した陰唇はヌラヌラと大量の淫水に濡れていた。

「さあ、お×××舐めてと言いなさい」

栄之助は言い、まだ焦らすように中心部には触れなかった。

「アア……、い、言えない……」

「言わないと、舐めてあげませんよ」

「い、意地悪……、お……、お×××舐めて……、アアッ、恥ずかしい……!」

とうとう口走り、美也は言葉だけで気を遣ってしまったかのようにガクガクと全身を波打たせて喘いだ。

栄之助も、ようやく美也の股に顔を埋め込み、鼻を茂みにこすりつけながら隅々に籠もった女の匂いを嗅いだ。舌を伸ばし、陰唇を掻き分けるように奥へ潜らせると、ヌルッとした熱い部分に触れた。

大量の淫水をすすり、陰唇を軽く噛み、さらに栄之助は美也の脚を抱え上げて豊かな尻の谷間にも鼻先を埋め込んでいった。菊座にも汗の匂いが籠もり、それに混じりうっすらとした秘めやかな匂いも感じられて、その刺激が栄之助の股間を奮い立たせた。

菊座の襞を丁寧に舐め、充分にヌメらせてから舌先をヌルッと押し込み、内側の粘膜まで心ゆくまで味わった。

「あ……、ああ……、いい気持ち……」

美也がキュッキュッと肛門を収縮させて喘ぎ、栄之助のすぐ鼻先にある割れ目からは新たな蜜汁を大量に湧き出させてきた。

栄之助は味も匂いも無くなるまで肛門を舐め尽くしてから、ようやく滴る淫水をすすりながら舌をワレメに戻し、ツンと硬くなっているオサネに吸いついた。

「アアーッ……、い、いい……!」

美也がヒクヒクと下腹を震わせて喘ぎ、栄之助の頭に両手をかけてグイグイと押し付けてきた。

そして美也の全身に、気を遣る波が何度か押し寄せてから、栄之助は身を起こして股間を進めていった。先端を押し付けてヌメリをまつわりつかせ、感触を味わいながらゆっくりと貫いていった。

「あう……！」

ヌルッと雁首が潜り込むと、美也がのけぞって息を詰めた。

栄之助は根元まで深々と押し込み、美也の温もりと感触を味わいながら身を重ねた。

美也も、すぐ下から両手を回し、キュッと締めつけてきた。

「き、気持ち、いい……」

美也がうっとりと口走りながら、待ちきれないように下からズンズンと股間を突き上げてきた。

茂みがシャリシャリとこすれ合い、栄之助の胸の下では豊かな乳房が心地好く弾んだ。

そして栄之助も突き上げに合わせて腰を使いはじめると、

「ああッ……！　す、すごい……！」

美也が狂おしく身悶え、栄之助を乗せたまま弓なりに反り返った。栄之助は、まるで暴れ馬に乗っているようにしがみつきながら、急激に高まっていった。

たちまち大きな快感の津波が栄之助を巻き込み、どこまでも押し流していった。同時に大量の精汁がドクンドクンと肉壺の奥に向かって脈打った。

「ア……！」

身を反らせたまま美也が呻き、ヒクヒクと痙攣しながら硬直した。

栄之助は強かに放出し、ようやく動きを止めて美也に体重を預けた。

すると間もなく美也も力を抜き、溶けて混じり合うかのようにグッタリとなった。肉棒をくわえ込んだままの陰門だけが、まるで大量の精汁を飲み下すかのようにキュッキュッと悩ましい収縮を繰り返していた。

五

「書の完成、本当におめでとうございます」

湯殿で、栄之助の背中を流してくれながら楓が言った。明日はいよいよ、玄庵と三人で江戸へ出立するのだ。

玄庵の妻せんも、もう承知しているようだった。それに、せんはもう美也と争うように新三郎の世話に夢中で、玄庵のことなどどうでもよくなっているのだろう。

「ああ。自分でも満足のゆく出来だ」

栄之助も、すっかり肩の荷を下ろして笑みを浮かべた。

玄庵のまとめた婦人病に関する書は、見学した腑分けの絵をもとに多くの挿画を入れ、また多くの女陰の形状も書き込んだから、医書としても、また俗な興味からしても売れ筋の豪華本となった。

そして栄之助がまとめた艶学の書も、男の様々な性欲を分類し、厠覗きなどは、畏れ多くも姫の用便の姿を参考に描き、これも多くの男の興味を惹くような絵と文が満載となった。

江戸へ行き、北斎や英泉に版元を紹介してもらえば、すぐにも大量に出まわることとなろう。

「おつむりは、どうなさいます？」

楓が言う。いつも彼女に剃ってもらっていたのだが、玄庵も医者を辞めたので、医師の見習いであった栄之助も剃髪している必要はないのだ。

「そうだな。総髪にでもしようか」

「そうなさいまし。これからは絵師なのですから」

楓は剃るのを止めた。

栄之助は背後にいる楓に手を伸ばした。ムッチリと張りのある太腿に触れ、手探りで湯に濡れた茂みを掻き分けた。

「お疲れになりますよ。明日は早いのですから」

「でも、明日からは先生も一緒だからな。年寄りのくせに夜更かしが好きだし」

栄之助は向き直り、正面から楓を抱きすくめた。

楓も応じ、すぐに唇を重ねヌラヌラと舌をからめてきてくれた。栄之助は楓の甘酸っぱい吐息とトロリとした温かな唾液に酔いしれながら、彼女の手を引き寄せて強ばりを握らせた。

楓も、やわやわと揉んでくれ、やがて唇を離すと屈み込んで含んできた。

そのまま栄之助は洗い場に仰向けになり、うっとりと身を投げ出した。

楓の口の中で舌に転がされながら、一物はヒクヒクと快感に震えた。

彼女は強く吸い付いてスポンと口を離し、袋から肛門の方まで舐め回してから顔を上げた。

「お口に出しますか。それとも」

「お前の中に入れたいが、その前に舐めたい」

言うと、楓はいつものことながらためらいがちに仰向けの栄之助の顔に跨ってきた。

しゃがみ込むと、栄之助も彼女の腰を抱えて引き寄せ、甘ったるい汗の匂いの籠もる茂みに鼻を埋めながら、ワレメに舌を這わせはじめた。

「う……、んん……」

楓が息を詰めて呻き、内部のお肉をヒクヒクと蠢かせた。

たちまちトロトロと生温かな蜜汁が溢れ、栄之助の舌を心地好く濡らしてきた。

栄之助は肉襞から肛門までも執拗に舐め回し、オサネに吸いついた。

「アア……、も、もう、すぐにも……」

楓が声を上ずらせ、懸命に体重をかけぬよう堪えていたが、次第に力が抜けてギュッと座り込みがちになってきた。

やがて楓の味と匂いを充分に堪能してから栄之助が口を離すと、楓もすぐに移動して、仰向けの栄之助の股間を跨いできた。

幹に指を添えて陰門にあてがいながら、ゆっくりと座り込んだ。たちまち一物はヌルヌルッと滑らかに楓の中に呑み込まれていった。

「ああン……！」

楓が、顔をのけぞらせて喘いだ。一本の杭に貫かれたように身を強ばらせ、栄之助の胸に両手を突きながら、少しずつ股間を上下に動かしはじめる。

熱く濡れた柔肉の摩擦にピチャクチャと音が洩れ、栄之助は高まってきた。

上体を起こしている楓を抱き寄せ、再び唇を求めながら、栄之助も下から股間を突き上げて動きを合わせはじめた。

楓も次第に夢中になって息を弾ませ、強く栄之助の舌を吸い、時には軽く歯も立ててきた。

その刺激に、栄之助は昇りつめてしまった。

「ク……！」

全身を貫く快感に呻き、栄之助はありったけの精汁を楓の内部にほとばしらせた。

その噴出が子壺の入口を直撃し、楓もまた同時に気を遣ったようにガクガクと全身を震わせて悶えた。

「き、気持ちいいッ……！」

楓が口走り、陰門の内部を悩ましく収縮させた。

栄之助は顔中を楓の口に押し付け、清らかな唾液でヌルヌルになりながら、最後の一滴まで最高の心地で放出した。

やがて股間の動きを止めてからも、楓は彼の顔中に艶めかしく舌を這わせ、栄之助は甘酸っぱい吐息と唾液の匂いに包まれながら、うっとりと快感の余韻に浸り込んだ。

「楓。江戸へ行って仕事がうまくいったら、夫婦《めおと》にならないか……」

栄之助は、まだつながったまま囁いた。

「それは、できませぬ……」

「な、なぜ……」

喜んでくれるかと思ったが、栄之助は楓の返事を意外に思った。

「私は、今のままがいちばん幸せでございます」

「このままで、よいのか……？」

「はい」

楓は、きっぱりと言った。栄之助を主君と仰ぐ距離感が、楓には合っているのかもしれない。

まあ栄之助も、楓を妻にしたら他の女性にあまり手も出せなくなるだろう。やはりお互いにとって、今のままが良いのかもしれなかった。

「わかった。だが私は、本気でお前に対しそうした気持ちを持っていることだけ、覚えておいてくれ」

栄之助は言い、まだしばらく楓の中に入ったまま、彼女の温もりと体重を受けてじっとしていた……。

——翌朝、栄之助、玄庵、楓の三人は江戸へ向けて出立した。

「どうか、くれぐれもお身体にお気をつけなさいますよう」

街道の入口まで見送ってくれた美也が言った。

「あとを、よろしく頼むぞ」

さすがに浮かれている玄庵が笑顔で言った。

美也と栄之助は、二人だけに通じる目配せで別れを告げた。あとは美也もうまく新三郎を手なずけ、徐々に不満のなくなる方向へと目指してゆくだろう。

やがて美也と別れ、三人は街道を歩きはじめた。

途中、栄之助は立ち止まって振り返り、丘の中腹にある三層の天守閣を仰いだ。中にいる清姫も、今頃は婿と睦《むつ》まじくやっているかもしれない。

「何をしておる、栄之助。今日中に藤沢まで行くぞ」

玄庵に言われ、栄之助は急いで二人に追いつき、相模灘を右に見ながら三人は東海道を上っていった。

あとがき

シャワーも洗浄器つきトイレも無い。これこそ私にとって、江戸時代の最大の魅力なのだった。そう、当時の女性たちはみな自然のままの生フェロモンを染みつかせていたのである。それを味わわない手はない。

現代のように、男も女も匂いを気にするあまり洗い清めて小綺麗になり、無味無臭のセックスを行なう。こんなものは色事でも交合《まぐわ》いでも何でもない。魂の伴わない、単なる西洋からきた運動競技と同じである。

色事とは、五感の全てを駆使して行なう行為なのだ。中でも、嗅覚ほど想像力をかきたて、興奮を誘うものはない。

そしてどの時代にあっても、色事が廃《すた》れたことはないのである。

本書は、数々の好色本の規制弾圧にも負けずに花開いた、ある意味爛熟《らんじゅく》の時代とも言える文政年間を舞台にした。

主人公は、もちろん私の分身である。多大な性欲に悶々《もんもん》としながらも女体が手に入らぬため、時には変態性欲、フェティシズムの衝動にさえ駆られながら、得意な絵を使って自慰行為を工夫するのだ。そして女運が向いてきてからも、決して追求心を忘れず、色の道を邁進してゆくのである。

色の道を別にしても、我々は今一度、物質には恵まれないが心豊かな時代を振り返り、江戸の人々から多くを学ばなければいけないのではないだろうか。

平成十五年　初夏

睦月影郎

一〇〇字書評

切り取り線

購買動機（新聞、雑誌名を記入するか、あるいは○をつけてください）	
□（　　　　　　　　　　　　）の広告を見て	
□（　　　　　　　　　　　　）の書評を見て	
□ 知人のすすめで	□ タイトルに惹かれて
□ カバーがよかったから	□ 内容が面白そうだから
□ 好きな作家だから	□ 好きな分野の本だから

●最近、最も感銘を受けた作品名をお書きください

●あなたのお好きな作家名をお書きください

●その他、ご要望がありましたらお書きください

住所	〒				
氏名		職業		年齢	
Eメール	※携帯には配信できません		新刊情報等のメール配信を 希望する・しない		

あなたにお願い

この本の感想を、編集部までお寄せいただけたらありがたく存じます。今後の企画の参考にさせていただきます。Eメールでも結構です。

いただいた「一〇〇字書評」は、新聞・雑誌等に紹介させていただくことがあります。その場合はお礼として特製図書カードを差し上げます。

前ページの原稿用紙に書評をお書きの上、切り取り、左記までお送り下さい。宛先の住所は不要です。

なお、ご記入いただいたお名前、ご住所等は、書評紹介の事前了解、謝礼のお届けのためだけに利用し、そのほかの目的のために利用することはありません。またそのデータを六カ月を超えて保管することもありませんので、ご安心ください。

〒一〇一―八七〇一
祥伝社文庫編集長　加藤　淳
☎〇三（三二六五）二〇八〇
bunko@shodensha.co.jp

祥伝社文庫

上質のエンターテインメントを！ 珠玉のエスプリを！

祥伝社文庫は創刊15周年を迎える2000年を機に、ここに新たな宣言をいたします。いつの世にも変わらない価値観、つまり「豊かな心」「深い知恵」「大きな楽しみ」に満ちた作品を厳選し、次代を拓く書下ろし作品を大胆に起用し、読者の皆様の心に響く文庫を目指します。どうぞご意見、ご希望を編集部までお寄せくださるよう、お願いいたします。

2000年1月1日　　祥伝社文庫編集部

おんな秘帖《ひちよう》　長編時代官能小説

平成15年6月20日　初版第1刷発行
平成18年11月25日　第9刷発行

著者　睦《む》月《つき》影《かげ》郎《ろう》
発行者　深澤健一
発行所　祥《しよう》伝《でん》社《しや》
東京都千代田区神田神保町3-6-5
九段尚学ビル　〒101-8701
☎03（3265）2081（販売部）
☎03（3265）2080（編集部）
☎03（3265）3622（業務部）
印刷所　萩原印刷
製本所　ナショナル製本

ISBN4-396-33111-8　C0193

祥伝社のホームページ・http://www.shodensha.co.jp/

祥伝社文庫

谷　恒生　**闇斬り竜四郎**

〝稲妻の竜〟こと浪人・影月竜四郎、鳥居耀蔵の背後に謀略の臭いを嗅ぎ取った！　撃剣冴え渡る傑作官能時代小説

谷　恒生　**乱れ夜叉《やしゃ》　闇斬り竜四郎**

袱紗《ふくさ》の中には、夜叉の歌留多と白面《ヘロイン》が！　背後にある巨大な密謀とは？　抜刀田宮流・影月竜四郎の凄絶剣！

谷　恒生　**乱れ菩薩《ぼさつ》　闇斬り竜四郎**

花魁《おいらん》・夕霧の魔性の肌に取り憑かれた殺人鬼。危うし抜刀田宮流・影月竜四郎！　好評シリーズ第三弾。

黒崎裕一郎　**必殺闇同心**

あの〝必殺〟が帰ってきた。南町奉行所の閑職・仙波直次郎は心抜流居合術で世にはびこる悪を斬る！

黒崎裕一郎　**必殺闇同心　人身御供《ひとみごくう》**

唸る心抜流居合。「物欲・色欲の亡者、許すまじ！」闇の殺し人が幕閣と豪商の悪を暴く必殺シリーズ！

佐伯泰英　**密命　見参！　寒月霞《かすみ》斬り**

豊後相良《さがら》藩主の密命で、直心影流の達人金杉惣三郎《かなすぎそうざぶろう》は江戸へ。市井《しせい》を闊達《かったつ》に描く新剣豪小説登場！

祥伝社文庫

佐伯泰英　密命　弦月三十二人斬り

豊後相良藩を襲った正室の乳母殺害事件。吉宗の将軍宣下を控えての一大事に、怒りの直心影流が吼《ほ》える！

佐伯泰英　密命　残月無想斬り

武田信玄の亡霊か？　齢《よわい》百五十六歳の妖術剣士石動奇嶽《いするぎきがく》が将軍家を襲った。惣三郎の驚天動地の奇策とは！

佐伯泰英　刺客《しかく》　密命・斬月剣

大岡越前の密命を帯びた惣三郎は京へ現われる。将軍吉宗を呪う葵切り七剣士が襲いかかってきて…

佐伯泰英　火頭《かとう》　密命・紅蓮《ぐれん》剣

江戸の町を騒がす連続火付、焼け跡には〝火頭の歌右衛門〟の名が。大岡越前守に代わって金杉惣三郎立つ！

佐伯泰英　兇刃《きょうじん》　密命・一期一殺

旧藩主から救いを求める使者が。立ち上がった金杉惣三郎に襲いかかる影、謎の〝一期一殺剣〟とは？

佐伯泰英　初陣《ういじん》　密命・霜夜《そうや》炎《ほむら》返し

将軍吉宗が「享保剣術大試合」開催を命じた。諸国から集まる剣術家の中に、金杉惣三郎父子を狙う刺客が！